한국 아줌마의
일본 생존기

일본 생활이 하고 싶다고?
일본 유학을 하고 싶다고?
이 한 권이면 된다!

글 · 사진
김경미

한국 아줌마의 일본 생존기

더로드
The Road Books

한국 아줌마의 일본 생존기 ─────────

저는 2012년 일본여행 중 일본의 나이 지긋한 어르신들이 공원에서 봉사활동을 하거나 슈퍼에서 일하는 것을 보고 감동을 하여 일본에서 노인복지를 공부하고 싶다고 결심했습니다.

한 번도 외국에서 살 거라고 상상해보지도 못했고, 친구들이 유학 갈 때도 부럽다는 생각보다는 왜 사서 고생을 할까 생각했습니다.

유학 전에는 일본에 관심조차 없었지만, 노인복지를 공부하고 싶다고 생각해서 일본유학을 결심하고 2013년 봄에 아무 준비 없이 일본으로 떠났습니다. 어학교에서 숙제라는 단어조차 몰라서 내준 숙제를 하는 데까지 한 달이 걸렸지만 끈질긴 노력으로 우여곡절 끝에 대학원에 입학했습니다.

교수님의 소개로 일본 노인복지시설인 데이 서비스센터에서 2년간 근무하면서 대학원을 마쳤습니다. 교수님의 시설은 외국인이 한 명도 없는 곳이어서 그곳에서 근무하며 일본어 실력이 갑자기 늘었습니다.

　대학원에서 고령자 고용에 대해서 연구했으나 사회복지는 나와 인연이 아니라는 것을 깨닫고 호텔의 세계로 눈을 돌려 호텔에서 근무를 시작했습니다. 호텔에서 2년 근무 후 최근에 개인적인 사정으로 한국에 귀국했습니다.

　이 책을 쓴 이유는 독자분들의 전반적인 일본생활에 참고가 되고자 해서입니다. 처음에 제가 알고 있던 일본어는 고마워(아리가또, ありがとう), 귀여워(가와이, 可愛い)가 전부였을 정도로 일본에 대한 정보가 없었기에 일본 생활 중에 제가 겪어보고 좋았던 것들을 공유하고 싶어서 출판을 결정했습니다. 일본생활을 이미 하고 계시거나 할 예정이신 모든 분들이 꽃길을 걷길 바라며, 마지막으로 저에게 출판의 기회를 주신 프로방스 대표님께 감사의 인사를 전합니다.

일본 여행 생존기

일본 생활편

추가 참고 사항

귀국편

학교 생존기

어학교

저는 2013년 4월에 일본에서 유학을 시작했습니다. 유학 전에 일본어 학원을 2달 다니긴 했는데 일본어에 관심이 있어서 유학한 경우는 아니어서 히라가나만 알고 유학한 케이스입니다.

유학을 결정한 계기

유학하기 전에 오사카와 도쿄 여행을 했는데 그 당시 거리에 어르신들이 참 많아서 놀랐어요. 어르신들이 거리를 청소하고 슈퍼, 편의점에서 일하는 모습이 인상 깊었어요. '고령자가 많은 나라는 고령자가 이렇게 일할 수 있는 환경이구나.'라고 느꼈답니다. '일본이라면 노인복지가 한국보다 더 발달해있지 않을까?' 하는 생각에 일본에서 대학원을 다니면서 사회복지에 관해서 공부해야겠다는 생각이 들어 유학을 시작했습니다. 그 당시 한국에서는 고령자가 일하는 것에 대해 부정적인 분위기여서 고령자들이 곳

곳에서 일하는 일본 분위기가 신선하게 다가왔습니다.

일본유학을 결정하고 일본에서 일본어학교를 다니기로 했어요. 일본 학교 진학은 두 가지 방법이 있습니다. 일본 현지에서 준비하여 학교에 입학하는 방법, 한국에서 공부하고 바로 진학하는 방법. 두 가지 다 장단점이 있기 때문에 어느 것이 좋다고 얘기할 수 없지만, 본인의 상황과 스타일에 맞춰서 준비하는 것이 제일 좋습니다.

한국에서 일본어학교와 대학교를 준비하는 경우에는 스파르타식으로 준비해서 바로 일본 대학원, 대학교에 들어가는 방법도 있는데 그런 경우에는 주위의 유학생들에게 물어보니 처음에는 현지인들의 일본어에 적응하기가 조금 어렵다는 의견도 있었습니다.

일본어학교는 일본어를 정말 천천히 배우는데 현지에서 배우다 보니 진학해서도 일본어에 대한 위화감이 덜하다는 말이 있어요. 다만 저는 배우는 속도가 너무 느려서 답답했습니다. 일본어학교에서는 일본어 실력에 따라 반을 결정하는데 한 번 반이 결정되면 상위 클래스로 올라가는 속도가 더디기 때문에 애초에 시험을 잘 봐서 높은 반에 들어가는 게 배우는 속도는 빠르게 진행될 것입니다.

저는 개인적으로 밑에서 2번째 반에서 차근차근 공부해서 위에서 2번째 반으로 졸업했는데 좀 더 공부하고 싶은 열의에도 불구하고 천천히 진행되어 조금 답답했습니다. 또한 입학 준비를 어학교에서 도와준 것이 아니라 개인적으로 준비해야 해서 힘들었어요. 제가 다녔던 일본어학교는 진학 위주의 공부보다는 정말 일본어를 위한 학교였기에 진학 준비는 스스로 해야 해서 힘들었습니다. 다만 한국에서 바로 일본 대학교와 대학원에 입학한 사람들보다는 일본어가 좀 더 잘 들린 것 같아요.

* 일본어학교 고르는 법

일본어학교는 여러 군데가 있지만 졸업하고 바로 취업을 할지, 대학교로 진학할지, 대학원으로 진학할지에 따라 결정해야 하니다. 학비가 저렴한 것만 보고 결정할 것이 아니라, 어학교의 특징을 보고 결정하는 것이 좋습니다. 예를 들어, 공무원인 경우에는 국립 어학교만 유학 휴직이 인정됩니다. 이렇게 어학교를 결정할 때는 자신이 원하는 바에 맞춰서 정하는 것이 중요합니다. 유학비자만 받고 아르바이트가 목적인 분들도 있는데 그런 경우에는 학비가 저렴한 어학교를 선택하는 분들이 있고, 대학진학이 목적이라면 학비보다는 진학률이 높은 어학교를 선택하는 것이 좀 더 도움이 됩니다.

참고로 저는 동경국제대학 부속 어학교(국립)를 다녔는데 2013년 당시에 학비가 전국에서 최고로 비싼 곳이어서 돈도 많이 들었을 뿐만 아니라 대학원 진학하는 사람이 거의 없어 정보가 별로 없고 매우 힘들었던 기억이 있습니다. 다만 학비가 비싸고 중국인이 없는 학교여서 대만 부잣집 자녀들이 다니고(2013년도 당시 대만과 중국 사이가 좋지 않았기 때문에, 대만 사람들은 중국 사람이 없는 어학교를 선호했음.), 아르바이트하는 학생이 없었기 때문에 수업시간에 졸거나 늦는 학생들이 타 학교에 비해 적었습니다. 다른 학교 이야기를 들어보면 일하는 것이 목적인 학생들이 있어서 수업 분위기가 좋지 않다는 이야기도 종종 들렸습니다.

어학교에서도 일본의 서예, 다도 체험, 기모노 체험 등 돈을 내면 다양한 체험도 할 수 있기 때문에 체험해보는 것을 추천합니다. 어학교에서는 번역해주는 분들이 있기 때문에, 일본문화에 관해서 공부할 수 있는 좋은 기회입니다.

어학교에서 있었던 에피소드

어학교 에피소드를 하나 이야기하려고 해요. 제가 다니던 어학교 1년 선배 이야기입니다. 어학교는 낮은 반부터 높은 반이 있는데 낮은 등급 1, 2등급의 학생인 대만인 학생과 한국인 학생이 서로 벽을 두고 퉁퉁 치다가 싸움이 났습니다. 두 명의 남학생 모두 영어도 못해서 일본어만 쓸 수 있었어요. 그런데 대만 남학생은 "어이 덤벼!(고이, こい!)"라는 말을 하고 싶었던 것 같습니다. 하지만 일본어를 할 수 없었던 대만 학생은 "어서오세요.(이랏샤이마세, いらっしゃいませ, 한국어로 번역하면 가게에서 손님들 맞이할 때 '어서 오세요.'라는 뜻.)"라고 말해 주위에 있었던 학생들은 대폭소를 하고 말았습니다. 대만 학생은 어리둥절해져서 갸우뚱하고 있는데 높은 반 학생들이 귓속말로 대만 학생에게 중국어로 '이랏샤이마세'는 '어서오세요.'라는 뜻이라고 말해주니 대만 학생은 분하고 부끄러운 마음에 울어버렸어요. 대만 학생이 울어버리자 한국 학생은 "괜찮아.(다이죠부, 大丈夫)"하면서 위로해주면서 큰 싸움으로 번지지 않았던 일이 있었습니다.

대학교

(일본 사이트 japan study support 참고)
-> 코로나19 때문에 입시요강이 변동이 되고 있기 때문에, 본인이 가고 싶은 학교의 입시요강을 확인해 주시길 바랍니다.

유학생을 위한 특별전형

일본 대부분의 단기대학, 대학 학부, 대학원, 전문학교의 입학시험에서는 일본인 수험생을 위한 일반시험 외에, 외국인 유학생을 위한 특별전형이 이루어지고 있습니다. 외국인 유학생을 위한 특별전형은 출제와 답변에 있어서 외국인이라는 점을 배려해 주기도 하고, 입시 과목을 줄이기도 합니다. 외국인 유학생인 여러분은 이 특별전형을 치르는 것이 좋을 것이라고 생각합니다.

특별시험의 내용

특별전형의 내용은 다음과 같습니다.

○ 일본유학시험
○ 일본어능력시험
○ TOEFL 등

○ 필기시험
○ 소논문(일본어)
○ 면접

일본유학시험

대학 학부의 입학시험에서는 국립대학법인의 98%, 공립대학의 61%가 일본유학시험의 수험을 의무화하고 있습니다. 사립대학도 52%가 일본유학시험의 수험을 필요로 합니다. 일본유학시험을 치르지 않으면 학교선택의 폭이 좁아지므로, 반드시 시험을 보도록 합시다.

일본유학시험은 매년 6월과 11월 연 2회 실시합니다. 일본 국내뿐만 아니라 아시아의 몇 개국에서도 실시하고 있습니다.

아래의 과목 중에서 각 대학이 지정한 수험과목을 선택해서 시험을 치릅니다.

1. 일본어 125분 450점.
2. 이과(물리, 화학, 생물) 80분 200점 또는 종합과목 80분 200점.
3. 수학 코스 1 (문과계) 또는 코스 2 (이과계) 80분 200점.

이과와 종합과목을 동시에 선택하는 것은 불가능합니다. 그리고 이과를 선택한 경우에는 물리, 화학, 생물 중에서 2과목을 선택합니다.

일본유학시험의 지정과목

문과계의 학부·학과에서는 일본어, 종합과목 및 수학 코스 1 시험을 치릅니다. 이과계의 학부·학과에서는 일본어, 수학 코스 2 및 이과 2과목 시험을 치릅니다. 기타 조합을 선택하고 있는 곳도 있으므로 홈페이지에서 학교, 학부, 학과별로 검색해서 확인해 두십시오.

학교에 따라 이 중에서 몇 개를 선택하여 입학시험을 치르고 있습니다. 어떤 학교가 어떤 입학시험을 실시하고 있는지는 각 학교 홈페이지를 참고하시기 바랍니다.

영어시험

영어 과목을 치르지 않는 학부, 학과도 있습니다.

영어시험이 필요한 학부·학과에서는 대학이 독자적으로 영어 시험문제를 출제, 실시하는 곳도 있으며, 다음과 같은 영어시험의 성적 제출을 요구하는 곳이 있습니다.

TOEFL(토플), TOEIC(토익), IELTS(아이엘츠), Cambridge ESOL(켐브리지대학교 에솔)

일본어능력시험

2001년까지의 경향은 일본어능력시험 1급 또는 2급을 지원 요강 자격으로 한 대학이나 전문학교가 많았으나, 2002년부터 일본유학시험이 시행되면서 일본어능력시험을 입학시험에 적용하는 사례는 드물어졌습니다. 그러나 몇몇 대학원과 전문학교에서는 일본어능력시험 성적이 필요한 경우가 있습니다.

일본어능력시험은 7월과 12월에 시행됩니다. 7월과 12월 두 번 시행되는데, 유학생들 사이의 소문에 의하면 12월 시험에는 대학생 준비하는 유학생들이 많이 치르기 때문에 7월의 시험 난이도보다는 12월의 시험 난이도가 높다는 소문이 있었습니다. 실제로 12월의 시험이 좀 더 어려웠던 것 같습니다. 다만 이건 유학생들 사이에 떠도는 소문이기 때문에 확실한 정보는 아닙니다.

원서는 제1회(7월) 3월 하순, 제2회(12월) 9월부터 일본 전국의 주요 서점에서 발매합니다. 원서 요금은 500엔입니다. 수험료는 5,500엔이며 원서 마감은 제1회(7월) 4월 30일과 제2회(12월) 10월 1일입니다. 일본 국내에서는 다음의 각 도도부현에서 응시할 수 있습니다.

홋카이도, 아오모리현, 아키타현, 이와테현, 미야기현, 후쿠시마현, 이바라키현, 도치기현, 군마현, 사이타마현, 지바현, 도쿄도, 가나가와현, 니가타현, 도야마현, 후쿠이현, 이시카와현, 야마나시현, 나가노현, 기후현, 시즈오카현, 아이치현, 미에현, 시가현, 교토부, 오사카부, 효고현, 나라현, 시마네현, 와카야마현, 오카야마현, 히로시마현, 야마구치현, 도쿠시마현, 가가와현, 에히메현, 고치현, 후쿠오카현, 사가현, 나가사키현, 구마모토현, 오이타현, 미야자키현, 가고시마현, 오키나와현(2016년 기준).

인터넷으로도 신청할 수 있습니다. 국내실시에 대해서는 다음의 홈페이지에 자세한 정보가 있습니다.

http://info.jees-jlpt.jp/

일본어능력시험은 해외에서도 실시되고 있습니다. 아래에 자세한 정보가 있습니다.

http://www.jlpt.jp/e/application/overseas_list.html

다만 대학을 목표로 할 때 국립대를 많이 목표로 하고, 그 밑이 사립대입니다.

주요 국립대 : 도쿄대 쿄토대 나고야대 토후쿠대 동경대 오사카대 큐슈대 치바대 등

동경 내 주요 사립대 : 와세다대, 게이오대, 메이지대, 추오대, 호세이대, 릿쿄대, 조치대 등

예전에는 대학교를 진학한 유학생들을 위한 장학금이 다양했

지만, 2011년에 있었던 대지진 이후에는 지진에 관한 지원이 많아짐으로써, 유학생들을 위한 지원이 많이 줄었습니다. 지원 장학금으로는 학교 내에서 성적순으로 지급하는 장학금이 있고, 자소 JASSO라는 장학금을 지원해주는 단체도 있습니다.

코로나19로 인해서 많은 것이 바뀌었기 때문에, 이런 방식으로 진행된다는 것을 알아두셨으면 좋겠습니다.

*일본은 영어를 잘하면 대학, 대학원을 좀 더 쉽게 들어갈 수 있습니다. 친구 중에 미국계 대만인 학생이 있었는데 일본어는 잘하지 못했지만, 영어 실력이 원어민이다 보니 영어로만 수업하는 대학원에 들어가는 경우도 있었습니다.

대학원 진학과 장학금 팁

일본 대학원(연구생 포함)에 입학하려면 우선 자신의 전공과 연구주제를 정하고, 입학원서를 제출하기 전에 입학을 희망하는 대학원 지도교수에게 사전 승인을 받는 것이 좋습니다. 다만 한국과 다른 점이 있다면 학사의 전공과 석사의 전공이 같아야 입학이 가능합니다.

보통 일본에서는 연구계획서가 가장 중요합니다. 일본에서 말하는 연구계획서란 자기가 원하는 연구 테마, 연구의 목적, 예상되는 연구의 결과 그리고 연구를 어떻게 진행하고 싶은지 요약한 요약본이라고 생각하면 됩니다. 보통 대학원에서 원하는 연구계획서는 워드로 약 2~3페이지 정도의 연구계획서입니다.

두 번째로 중요한 것이 입학 전 교수님과의 콘택트입니다. 저는 제가 원하는 대학원 교수님한테 메일을 보내서 입학 전에 두 번 정도 찾아뵈었어요. 물론 만나 뵙기 전에 교수님이 쓰신 논문과 서적을 읽어보는 것이 좋습니다. 그래야만 제가 하려는 연구의 방

향성과도 맞는지 여부를 더 확실히 알 수 있겠죠?

"이 대학원에 이런 연구 주제로 입학해서 선생님께 지도받고 싶습니다."라고 연구계획서를 첨부하신 메일을 보내고 그 교수님께서 지도하실 생각이 있으시다면 답장이 옵니다.

교수님과 직접 만나게 됐을 때 상담과 조언

대학원 입학에 대한 도움 등을 받으실 수 있으므로 본인의 연구 계획에 맞춰 희망하시는 지도 교수를 먼저 정하시는 것이 가장 좋습니다. 가장 추천해드리는 건 자신의 희망 교수님의 논문, 책을 읽어보면 그분의 생각, 성향 등을 알 수 있기 때문에 참고하여 입학 전에 만나보는 걸 추천합니다.

지도교수는 자신의 출신대학교 담당 교수에게 소개를 받는 방법(일본 대학을 나온 경우), 각 대학의 학회지 또는 학교 홈페이지 등을 참고하는 방법, 선배 유학생이나 해당 대학의 오픈 캠퍼스, 그리고 사무실에 문의하시거나 희망하시는 대학의 논문이나 대학의 홈페이지를 방문하는 방법이 있습니다. 홈페이지에서 희망하시는 전공 페이지를 열람하셔서 전공 교수들의 논문이나 활동 등을 메모해두셨다가 인터넷이나 도서관 등에서 찾아보시는 방법 등이 있는데 주위에 졸업하신 분이 있다면 직접 상담해보는 게 좋아요.

저 같은 경우에는 상담할 사람이 주위에 한 명도 없어서 입시 막판에 3개월 정도 대학원에 관한 소논문, 연구계획서, 면접에 대한 코치를 받았는데요. 주위에 아는 분이 계시다면 저처럼 꼭 상담을 받길 바랍니다.

기본적으로 어학원에 기대는 것보다는 본인이 개척해야 한다고 생각합니다. 여러 가지 방법으로 대학원에 대한 정보를 토대로 본인이 하고 싶은 전공 내용과 맞는 지도교수를 찾고, 석사 하는 2~3년 자신의 시간을 유익하게 보낼 수 있느냐 무의미하게 보내는가는 지도교수에 따라 많이 좌우된다고 봅니다. 자신의 연구에 관심 있는 교수님일수록 많이 조언해 주기 때문에 교수님과의 콘택트가 가장 중요하다고 생각해요.

그리고 대학원 분위기도 중요합니다. 저는 릿쿄대 21세기 사회 디자인 연구과를 선택했는데 그 이유는 사회인 대학원이었고 한 교수님하고만 연구를 진행하는 것이 아니라 다양한 교수님들에게 의견을 구할 수 있는 자유로운 분위기라는 정보를 듣고 이 학교를 선택했습니다.

대학원은 보통 2년간의 석사 과정과 3년간의 박사 과정으로 되어있으며 의학, 치의학, 약학 및 수의학 등에는 석사 과정은 없고 4년간의 박사 과정만 있는 경우가 대부분입니다. 학교에 따라서는 석/박사 과정이 나뉘지 않고 4년 과정을 전제 조건으로 입학 허가를 하는 경우도 있고요. 또, 원칙적으로 석사를 취득하지 않으면 박사 과정에 진학할 수 없는데 석사 연구와 동등한 실적이 있다고 인정받는 경우에는 정말 드물게 별도로 입학하는 경우도 있습니다. 석사도 원하는 경우에 졸업을 계속 연장하는 경우도 있으니 선택할 수 있을 것 같습니다. 석사는 대부분 2년 안에 졸업하는 것에 반해서 박사의 경우 3년 안에 졸업하는 경우는 거의 없습니다.

대학원에 따라

석사 과정을 박사 전기(前期) 과정, 박사 취득 과정을 박사 후기(後期) 과정이라고 부르기도 합니다. 저희 대학원에서는 박사 전기, 후기 과정이라고 불렀고 박사의 경우에는 닥터라고 부른답니다.

일본대학원 지원 시기

각 대학원에 따라 원서 제출 마감일, 원서접수 방법, 원서 기간, 서류 등에 차이가 있으므로 자세한 것은 직접 지망학교 입시요강을 확인해봐야 합니다. 외국인인 경우에는 홈페이지를 찾아보는 게 어렵습니다. 그럴 경우에는 학교에 직접 방문해서 과거 기출문제 등을 받으면서 물어보는 게 가장 정확합니다. 사립학교인 경우에는 대개 일 년에 봄에 한 번, 가을에 한 번 총 두 번의 시험을 봅니다. 국립학교의 경우에는 대부분 일 년에 한 번입니다. 지원 시기는 학교마다 다르니 꼭 사전에 조사해서 지원 시기를 놓치지 않는 것이 중요하다고 생각합니다. 입시요강은 보통 대학 홈페이지에 자세히 명시되어 있습니다. 자료를 요청하면 집으로도 우편을 받을 수 있으니 꼭 알아보시길 바랍니다. 학교에 방문해서도 받을 수 있으니 편한 방법을 이용하면 될 것 같습니다.

* 일본대학원 지원 시 필요서류
(학교마다 선택사항의 차이 있음)

보통의 경우

- 연구생, 대학원 입학원서(지정양식) - 이력서(지정양식) - 연구 계획서(가장 중요. 면접 볼 때 가장 많이 질문함.) - 최종 출신학교 등의 졸업(수료)증명서 혹은 학위증명서 - 최종출신학교 성적증명서 - 최종출신학교 선생님의 추천서(지정양식) - 건강진단서(지정양식) - 여권 복사본 - 일본어능력시험, 일본유학시험 통지서 등입니다.

자세한 사항은 희망하시는 대학의 홈페이지 등에서 모집 요강 등을 확인하세요.

참고로 제가 다녔던 대학원의 경우에는 일본어능력시험 1급이 필수였습니다.

대학원 입학시험

대학원은 학부에서 전공한 과목을 더 깊이 연구하는 과정으로 기본적으로 전공이 다른 분야로는 진학할 수 없습니다. 또한 한국에는 없는 연구생 과정이 존재합니다. 학사와 석사의 전공이 다른 경우에는 연구생이라고 해서 6개월에서 1년 대학원 들어가기 전에 공부하는 과정을 거치게 된다고 하네요. 학사를 일본에서 한 경우에는 일본인과 같은 조건으로 입학시험을 보게 되니 입학하기 좀 더 어렵다고 생각하면 됩니다.

한국에서 대학교를 졸업한 경우에는 외국인 전형으로 입학시험을 봅니다. 학교마다 다르지만, 시험 볼 때 조건으로 일본어 능력시험 1급 또는 영어 점수(토익 또는 토플)를 보는 곳이 많았는데요. 대학원마다 다르지만, 완전히 일본어로만 수업하는 곳이 있고, 영어로만 수업하는 곳이 있습니다. 개인적인 생각으로 일본어가 어느 정도 된 상태로 대학원에 들어가야 고생하지 않습니다. 대학원은 많은 서적, 논문을 읽어야 하고 매주 발표도 있기 때문에 어느 정도 언어(영어 또는 일본어)를 습득한 후에 진학하는 걸 추천합니다. 시험으로는 서류심사, 일본어, 영어, 소논문(시험장에서 5가지 문제 중 택일하여 2,000자 정도 일본어로 주제에 맞춰서 논문 쓰는 시험), 전공과목 관련 필기시험, 구술시험, 면접 등으로 학교에 따라 다르게 진행됩니다.

전공과목 관련 필기시험은 대학마다 원하는 사람들에 한해 과

거 시험 문제들을 열람하게 해주거나 우편으로 보내주니 참고해 주세요. 매년 문제는 비슷하니 과거 문제를 꼭 보는 걸 추천해드립니다. 면접은 보통 연구 계획서에서 90% 출제된다고 생각하시면 돼요. 자신이 쓴 연구계획서를 철저히 공부하시고 그에 따른 내용으로 면접에 나올 만한 내용을 준비하시고 연습하시는 것을 추천해드립니다.

(질문 리스트 예: 연구계획서를 위한 과거 활동이나 대학원 진학을 결심하게 된 계기, 앞으로 어떤 활동을 하고 싶은지, 그것을 위해 무엇을 준비하였고 왜 일본에서 유학을 결정했는지(외국인에게는 필수로 물어보는 질문 중 하나입니다), 대학원 수료 후의 장래 희망, 연구계획서에 사용하는 단어의 정의, 예를 들어 연구계획서에서 커뮤니티 복지라는 단어를 썼는데 너는 어떠한 의미로 이 단어를 사용했느냐 등입니다.)

면접

-대학, 대학원 면접 시 정장 필수입니다. 고등학생이면 교복, 일반인이면 정장을 입어야 합니다. 한국에서의 정장은 딱 달라붙거나, 좀 더 세련된 느낌이 강한데 일본은 단정하고 가장 보통의 정장을 선호합니다. 광택이 나지 않는 무지의 검은색 구두, 가방은 가죽, 브랜드 가방의 경우 NG라 면접용 가방이 따로 판매되고 있어요.

-면접실에 입장할 때, 교실 문을 노크하고 안에 계신 진행자 또는 교수가 "네.(하이, はい)"라고 대답을 하면 "실례하겠습니다.(시츠레이시마스, 失礼します)" 라는 말을 반드시 한 후 문을 열고 입장해서 문을 닫은 다음 다시 한 번 목례 후 의자로 옮겨갑니다. 교수가 "네. 앉으세요.(하이 도우조, はい。どうぞ)"라고 말하면 "실례합니다.(시츠레이시마스, 失礼します)"라고 말한 후 앉아야 합니다. 또 면접이 끝난 후 "감사합니다.(아리가또고자이마스, ありがとうございます。)."라고 말하고 의자를 정리 후 나갈 때도 "실례했습니다.(시츠레이시마스, 失礼します)"라고 외치고 가야 합니다.

상황을 다시 정리하자면,

-면접 시작 전-
학생: (노크한다.)
교수: "네. 들어오세요."
학생: "실례하겠습니다." (문 닫은 후 목례하고 의자로 이동한다.)
교수: "네. 앉으세요."
학생: "실례하겠습니다." (말한 후 앉는다.)

-면접이 끝난 후-
학생: (일어선다.) "감사합니다." (인사하고 의자를 정리한다.)

(문 닫기 전에 다시 한 번) "실례했습니다." (인사하고 퇴장한다.)

제가 말씀드린 면접 에티켓은 대학, 대학원, 회사, 장학금 면접 등에 다 통용되는 사항입니다.

장학금 팁

장학금은 정보 싸움입니다. 그리고 대학원 장학금의 경우에는 학부 성적을 기본으로 보기 때문에 학부 성적이 가장 중요합니다. 각 학교 입학 안내서를 보면 장학금에 대한 설명이 나와 있기 때문에 정말 꼼꼼하게 읽어볼 것을 추천합니다. 학내 장학금 외에 학외 장학금도 있기 때문에 매달 체크하는 것을 잊지 마세요.

장학금이 해당하지 않더라도 대학원 다니는 동안 성적 우수생은 학비 면제 조건이나 연구 지원, 향후 진로 안내를 받을 때도 가장 유리하므로 성적과 출석을 우수하게 유지하는 것은 장학금뿐만 아니라 모든 면에서 중요하다고 생각합니다. 1학년 때 장학금을 받지 않더라도 1학년의 연구 실적 등으로 2학년 때 장학금을 받을 수 있기 때문입니다.

또한, 학사보다는 석사가 장학금 받을 가능성이 크기 때문에, 포기하지 마세요!! 저는 학사 때 성적관리를 안 해서 포기했는데 받을 방법은 다양합니다. 2년 동안 4개의 장학금(약 2천만 원의 장학금)을 받음으로써 학비 걱정은 하지 않았습니다.

* 모든 장학금은 유학 비자가 기본입니다. 혹시라도 배우자 비자라면 학교에 다니는 동안 유학 비자로 변경하실 것을 추천합니다. 저 또한 장학금 때문에 배우자 비자에서 유학 비자로 변경했습니다.

교통비

학생일 경우 매우 저렴합니다. 정기권(定期券) 구입하기!

유학 비자로 재학 중인 학생인 경우에는 JR선이나, 지하철의 통학 정기권, 신칸센(횟수 제한 있음) 장거리 이동의 승차권을 구입하는 경우 학생 할인을 이용할 수 있으니 꼭 이용하도록 합시다. 일반인과 학생 할인은 꽤 차이가 납니다.

참고사항

일본 또는 한국 대학원에서 한국 일본 비교연구를 하시는 분들이 있다면 필독!

"한일 차세대 포럼"이라는 포럼을 소개할까 해요. 부산 동서대학교 일본연구센터에서 주최하는 프로그램으로 20년 가까이 주최하고 있어요. 한일 양국을 연구하시는 분들에게는 본인의 연구를 발표할 수 있는 아주 좋은 기회입니다. 매년 한국, 일본 양국을 번갈아 가면서 주최한답니다. 2015년에는 한국에서 했었고 2016년에는 일본 카나자와에서 진행했었습니다. 매해 장소는 한국과 일본 교차해서 진행합니다. 보통 이틀 동안 진행하는데요. 첫 번째 날은 발표, 토론 형식이고 두 번째 날은 참여했던 분들 중에 지원자를 받아서 여행을 해요.

저는 2015년에도 뽑히고 2016년에도 뽑혔는데요.

2015년도에는 메르스가 유행이라 포럼은 진행했지만 제가 그당시에 근무 중이던 데이서비스센터에서 가지 말라는 압박이 있어서 못 갔었어요. 메르스 때문에 연기되었는데 마침 대학원 세미나 합숙이라 못 가서 항공권만 날렸던 기억이 있습니다.

여기 포럼에 참가하면 교통비가 나옵니다. 만약 한국에 계신분이면 30만 원까지 일본 항공권 경비를 줍니다. 만약 그해 포럼이 한국에서 열리면 교통비가 10만 원 이상인 경우 경비가 지급됩니다.

테마를 9가지(국제관계, 정치·법률, 경제·경영, 역사, 언어·문학, 사회·젠더, 종교·사상, 민속·인류, 문화·예술)로 나눠서 발표자를 정하고, 그 발표자의 원고를 미리 받아본 뒤 토론자를 결정하는 형식입니다. 저는 2016년도에 실제로 참가했습니다. 포럼에 토론자로 참여할 수 있었던 좋은 기회였답니다. 한국어, 일본어로 통역을 붙여주기 때문에 모국어로 말씀하셔도 상관없습니다. 다만 아쉬웠던 것은 한

국인 참가자가 압도적으로 많아서 그건 좀 아쉬웠어요. 제가 참가 했을 당시에는 통역하시는 분이 너무 통역을 잘해서 정말 놀랐었 어요. 깔끔한 전달이 완벽한 통역이었어요.

문의) 한일차세대학술포럼 사무국
○ 주소 : 부산광역시 사상구 주례로 47 동서대학교 일본연구센터
○ TEL : 051-320-1900, 1901
○ E-mail : jkjisedai@gmail.com
한일 연구 하시는 분들은 발표할 기회가 별로 없는데 좋은 기회가 될 수 있 습니다.
한일 양국에서 신종 코로나19바이러스 감염 현상을 고려하여 2020년 8월 하순으로 연기하여 개최할 예정이었던 '한일 차세대 학술포럼 제17회 국제 학술대회'는 2021년도로 재연기되었습니다.

<한일 차세대 학술포럼 제17회 국제 학술 대회>
일정: 2021년 6월 26일(토) 국제학술대회, 6월 27일(일) 조사여행
장소: 일본경제대학(후쿠오카현 다자이후시)
이렇게 일정이 나왔던 부분이 코로나19로 인하여 8월 하순으로 ZOOM으로 개최하는 것으로 결정되었습니다.

한일 비교 연구하시는 학생들은 신청하면 발표를 할 수 있거나, 견학을 할 수 있는 좋은 경험이 될 것 같습니다. 코로나19로 인해 서 일정이 변동되고 있으니 확인하시기 바랍니다.

졸업

일본에서는 졸업식 할 때 학사모, 석사 할 때는 석사모를 쓰는 경우도 있지만, 대학교 학부일 경우에는 하카마를 많이 입어요. (여성의 경우) 하카마(はかま)는 애니메이션에서 유행하기 시작했다고 하네요.

단, 가격이 비쌉니다. 대학원 동기들은 졸업식 하카마를 12만 엔(한화로 120만 원 정도)에 빌렸습니다. 보통 8만 엔에서 12만 엔이에요. 사는 게 아닌, 하루 대여 가격입니다. 저는 저 가격이면 그냥 정장 입겠습니다. 한국 사람인 경우에는 한복을 입는 경우가 있는데 졸업식에는 대부분이 일본 사람이기 때문에 한복을 입으면 엄청 튀어 보입니다. 저는 중국인, 한국인 친구랑 같이 기모노를 입었습니다.

석사, 박사 대학원의 경우에는 졸업식 때 정장이 기본이고 졸업하시는 여성분들은 일반 기모노를 입습니다. 기모노에는 여러

가지 종류가 있습니다. 그 중에서 호몽기(訪問着)를 입습니다.

기모노인 경우에도 화려한 색깔이 아닌 베이지 계열이나 연한
핑크, 연한 파랑, 연한 노랑 등 연한 색깔의 계열을 입는다고 하
네요. 하카마 가격을 듣고 기모노로 입어서 다행이라고 생각했어
요. 저는 Mine이라는 기모노 전문 대여점에서 기모노 입혀주는
것, 헤어, 메이크업, 가방, 신발 전부 포함해서 2만 엔 정도에 빌렸
어요.

졸업식 때 우리나라도 한복을 입는다면 뜻 깊을 것 같다는 생
각이 들었습니다. 졸업식에 자신의 나라의 전통 옷을 입는 건 좋
은 풍습인 것 같습니다. 다만 하카마 가격은 너무 허례허식이 아
닌가 하는 생각은 들었습니다.

일본어 공부 방법

언어는 진짜 반복하는 방법밖에 없는 것 같아요. 한국인이 일본어를 배울 때의 강점은 문법이 70~80% 정도 비슷하다는 점, 억양이 엄청나게 차이 나지 않는다는 점입니다. 다만 한국인의 가장 약점은 한자입니다. 솔직히 말하자면 저는 일본유학 전에는 저의 이름의 한자조차 몰랐던 사람입니다. 극단적인 예이지만요.

저는 일본에서 일본어 공부를 할 수 있는 환경이었기 때문에 한국에서 공부하는 사람들보다는 좀 더 빠르게 습득 할 수 있었습니다. 일단 저는 어학교에서 대만, 홍콩, 중국, 베트남 사람들과 공부를 했는데, 웬만하면 영어, 한국어는 일절 사용하지 않고 일본어로만 사용했어요. 일본에 있는 동안 한국 드라마, 한국 방송을 일절 안 봤어요. 사람마다 다양한 공부 방식이 존재합니다. 일본 동화책을 보는 사람이 있고, 일본 애니메이션, 일본 드라마를 통해서 습득하는 사람 등이 있습니다.

저 같은 경우에는 문법, 단어, 독해공부를 하면서 귀를 트이기 위해 하루에 2시간씩 일본 드라마를 보았어요. 물론 처음에 일본어가 무슨 말인지 몰랐을 때는 자막을 넣고 보다가 점차 일본어가 들릴 때는 자막을 넣지 않고 봅니다. 지금도 일본어를 잊어버리고 싶지 않아서 하루에 한 시간은 일본 드라마, 일본 애니메이션을 보고 있어요. 일본 애니메이션은 좋지만, 장르에 따라서 남자 말투가 될 수 있으니 되도록 일본 드라마, 특히 비즈니스 일본어를 보면 좀 더 정중한 일본어를 사용할 수 있다고 생각합니다.

물건을 살 때 에피소드

일본에서 스킨(토너)가 떨어져 처음으로 드러그 스토어(일본 약국 명칭)에서 구매할 때가 생각납니다. 처음으로 구매할 때, 점원에서 스킨을 사고 싶다고 하니 이해를 못 하더군요. 그때는 말을 잘못해서 얼굴에 바르는 거 달라고 하니, 로션을 가져다주더군요. 그 당시에는 번역기가 파파고처럼 발달해 있지 않아서 스킨이라고 번역기를 돌리면 영어인 스킨이 가타카나로 되어서 나왔습니다. 일본에서는 '화장수'라고 표현하는 것을 그때 처음 알았습니다.

한국에서는 비가 온다고 할 때 '비가 온다'라고 하고 일본에서는 '비가 내린다(雨が降る)'라고 표현을 합니다. 일본어를 공부할 때, 한국에서는 샤워할 때 '한다'라고 표현하고 일본선 샤워를 '뒤집어쓰다(아비루, 浴びる)'라는 표현을 합니다. 한국식 표현이 분

명히 있기 때문에 일본에 사는 동안은 이러한 미묘한 차이를 공부하는 것도 살아가는 데 도움이 됩니다. 일본인들도 작은 차이로 말을 이해 못하는 경우가 종종 있기 때문입니다.

* 일본어 드라마 추천

한국에서 가장 많은 일본 드라마를 보유하고 있는 사이트는 왓챠.

다만, 왓챠는 확인해보았지만, 부분적으로 몇몇 영화의 경우에만 자막을 없앨 수 있고, 자막이 영상에 내재되어있는 경우에는 자막을 없앨 수 없어서, 자막 없이 보고 싶을 때 도움이 안 됩니다. (2021년 6월 기준)

리갈하이 - 남자 주인공의 발음이 매우 빠르고 정확합니다. 한국에서도 똑같은 제목으로 리메이크되었습니다. 시즌 1, 2가 나올 정도로 인기였답니다.

한자와 나오키 - '리갈하이'의 주인공과 똑같은 배우예요. 발음이 매우 정확하고 빠르지만, 내용이 어렵기 때문에 일본어를 어느 정도 배운 다음에 보는 걸 추천합니다. 일본에서 매우 인기가 많았기 때문에 시즌 2도 얼마 전 성공적으로 방영되었습니다. 당하면 배로 당해준다, 도게자 등 유행어를 만들어 내는 등 폭발적인 인기를 이끌어낸 일본 국민 드라마입니다.

파견의 품격 - 여자주인공이 드라마 내내 경어를 사용하기 때문에 비즈니스 일본어를 익히는 데 도움이 되고 매우 재밌습니다.

돈키호테 - 조폭과 청소년보호사의 영혼이 바뀌면서 문제를 해결해 나가는 내용입니다.

호타루의 빛 - 연애세포가 말라버린 건어물녀*에게 사랑이 찾아오면서 벌어지는 일들을 코믹하게 그려낸 드라마입니다.

*건어물녀
연애세포가 건어물처럼 메말라 연애를 포기한 여성. 또는 직장에서는 유능하고 세련된 모습으로 생활하지만 집에서는 건어물을 안주 삼아 술 마시는 것을 즐기는 여성 (시사상식사전 참조)

여왕의 교실 - 감정 없는 여교사와 학생들 사이에서 일어난 일들을 그린 드라마입니다.

노다메 칸타빌레 - 우에노 주리 주연으로 일본 드라마 마니아들 사이에서는 매우 유명한 드라마입니다. 클래식 음악을 위해 모든 열정을 쏟아붓는 젊은이들의 이야기를 코믹하게 그려낸 드라마입니다.

*라쿠고
 라쿠고는 한마디로 이야기하면 아주 우스운 내용으로 듣는 사람들을 재미있게 만드는 전통적인 이야기 예술이라고 합니다(네이버 사전). 간단하게 말하면 라쿠고라는 것은 한 사람이 무대 위에 앉아서 이야기를 재미있게 관중들에게 전하는 예술입니다.

타이거 앤 드래곤 – 야쿠자인 주인공이 라쿠고(落語)＊ 집안의 제자로 들어가면서 벌어지는 이야기입니다. 일본의 전통문화인 라쿠고를 이해할 수 있는 좋은 드라마입니다. 라쿠고가 어려울 수 있는데, 재미있게 풀어낸 드라마라서 저는 강력 추천합니다.

마루모의 규칙 – 친구의 죽음으로 친구의 자녀들을 우연히 키우게 된 후 일어나는 에피소드입니다. 아이들이 나오기 때문에 말이 쉽고 대사를 천천히 합니다. 그리고 재미와 감동이 있습니다.

마이 보스 마이 히어로 – 조폭 보스가 고등학교에 가서 일어나는 에피소드입니다.

가정부 미타 – 한국에서도 '수상한 가정부'로 리메이크되었습니다. 일본에서 최고 시청률 40%로 일본 드라마 시청률 역대 3위에 올랐습니다. 엄마를 잃고 아빠와 4남매가 사는 가정에 정체불명의 가정부가 들어오면서 일어나는 에피소드입니다.

GTO 반항하지마 – 1990년대 드라마인데, 만화책 '반항하지마'가

원작인 일본 드라마입니다.

꽃보다 남자(하나요리당고) - '꽃보다 남자' 만화책이 원작입니다. 한
·중·일, 그리고 대만까지 드라마화되었습니다.

심야식당- 심야에만 운영하는 식당의 주인에게 음식을 주문하고,
삶에 지친 손님들의 이야기가 매회 에피소드로 나옵니다. 한국 배
우 고아성이 출연한 것으로도 유명합니다.

고독한 미식가 - '고독한 미식가'라는 원작 만화를 소재로 한 음식
맛을 이야기하는 드라마입니다. 2019년도까지 시즌 8이 나온 상
태입니다. 아저씨 한 분이 나와서 음식을 맛있게 먹고 즐기는데 실
제로는 배우분이 그렇게 많이 먹지 못하시는 분이라 드라마를 그
만두고 싶어 한다고 해요. 하지만 시청자들이 계속 드라마를 해달
라고 해서 계속하신다는 드라마입니다. 이분이 사용하시는 일본
어는 경어가 많기 때문에 일본어에도 도움이 된다고 생각합니다.

보더 - 주인공 오구리 슌은 수사 중 총을 맞아 죽을 고비를 넘긴
후 죽은 사람이 보이기 시작합니다. 피해자들이 나타나 진범을 알
려주고 사건에 관련된 정보를 알려줍니다. 죽은 피해자들과 대화
를 통해 진범을 잡기 때문에 범인을 붙잡게 되지만, 정의로웠던

주인공이 흑화되어가는 드라마입니다. 죽은 사람들을 보기 때문에 보더라는 의미도 있지만, 선과 악의 경계인 보더라는 이중적인 의미가 있는 드라마입니다. 오구리 슌의 명연기로 일본에서도 큰 인기를 끈 드라마입니다.

제가 위에 열거한 드라마 외에도 많은 종류의 일본 드라마가 있지만, 제가 좋아하고 여러 번 보았던 드라마 위주로 추천해드렸습니다. 저는 러브스토리보다는 코미디, 교훈이 있는 것을 선호해서 실제로 저의 일본어에 도움이 되었던 드라마들입니다. 자신의 일본어 능력에 맞는 드라마를 선택해서 보는 것을 추천합니다. 처음에는 자막이 있는 것을 보시다가 나중에는 자막이 없는 것을 추천해드립니다.

*주의 - 10대 위주의 남자 중고등 학생들이 나오는 드라마에서 대사를 그대로 따라 하면 불량해 보이거나, 가볍게 보일 수도 있으니 처음에는 일본어학교에서 배운 그대로 사용하는 것이 좋습니다. 일본에서는 남자들의 단어와 여자들이 쓰는 단어가 다릅니다. 예를 들어 맛있다고 하는 것도 여자들은 오이시이(美味しい), 남자들은 오이시이(美味しい) 또는 우마이(우마이의 줄임말 우메, うまい, うめ─)라는 단어를 사용하는데요. 여자가 남자 단어를 사용하는 것은 부정적인 인식을 줄 수 있으니 지양해야 합니다.

* 일본 드라마의 특징

여자주인공의 캐릭터가 강하면 인기가 많았습니다. 제가 많은 일본 여성들을 만나보았지만, 제 주변에 있는 일본 여성들은 강한 어조로 말하는 사람이 없는데, 왜 일본 드라마 여자주인공은 대체로 캐릭터가 강하고, 완벽한 여성이 등장하는 드라마가 인기가 많은지 주위 사람들에게 물어보니 일본 여자들의 대리만족 때문에 그런 것 아니겠냐는 의견도 있었습니다.

예를 들어, '파견의 품격', '여왕의 교실', '가정부 미타'는 여자주인공이 상처를 크게 받고 이를 통해 강해져 완벽하게 각성한 후 주위의 문제를 해결해 나가는 드라마입니다. 위에 언급한 세 드라마는 일본 내에서 히트했습니다. 또한 '파견의 품격'은 김혜수 주연인 '직장의 신'으로 리메이크되었고, '파견의 품격 시즌 2'는 2020년 6월 17일부터 방영되고 있습니다. 특히 '여왕의 교실'은 우리 나라에서 고현정 주연인 '여왕의 교실'로 리메이크되었고, '가정부 미타'는 최지우가 주연인 '수상한 가정부'로 리메이크되었습니다.

한국 드라마는 대부분의 드라마가 사랑을 주제로 한 것이 많은 데 비해서 일본 드라마는 러브라인보다는 교훈을 주는 드라마가 대부분이라는 특징이 있습니다.

* 한국어와 발음이 비슷한 일본어

한국어와 일본어는 같은 한자를 쓰기 때문에 발음이 비슷한 단어가 많습니다. 가장 대표적인 발음이 비슷한 일본어를 소개하겠습니다.

간단 - 일본어로도 간단입니다. かんたん　簡単

무리 - 일본어로도 무리입니다. むり　無理

무료 - 일본어로도 무료입니다. (한국어보다는 '료' 발음을 좀 더 길게 끕니다.) むりょう　無料

유료 - 일본어로도 유료입니다. (한국어보다는 '료' 발음을 좀 더 길게 끕니다.) ゆうりょう　有料

가방 - 일본어로도 가방입니다. (한국어보다는 '방' 발음을 좀 더 길게 끕니다.) かばん　鞄

마사지 30분 무료 - '맛사-지 산쥬뿐 무료' 같이 들으면 マッサージ3十分無料

(マンサージさんじゅうぷんむりょう) 마사지 30분 무료라는 단어는 일본사람들이 들어도 뭐가 다른지 모르겠다고 놀라는 단어입니다.

쉬어 가는 코너

한국말인 줄 알았는데 일본말이었던 단어

많은 단어가 있지만, 그 중 몇 개만 정리 해봤습니다. (네이버 한국어 사전 인용)

다라이 : 일본어 たらい(盥)에서 온 말. 금속이나, 경질 비닐 따위로 만든 아가리가 넓게 벌어진 둥글넓적한 그릇. 한국말로는 대야, 큰 대야, 함지, 함지박으로 순화해서 쓸 수 있습니다.

유도리 : '여유(유토리, ゆとり)'를 뜻하는 일본어 단어. '여유'라는 뜻 외에도 '융통성, 이해심'과 비슷한 뜻으로 쓰이고 있습니다.

땡깡 : '땡깡'이라는 단어는 생떼를 경상도에서 속되게 부르는 말이라고 사전에는 되어있지만, 일본어의 '뗑깡(てんかん)'은 '간질'과 뜻이 같은 한자어 '전간(癲癇)'의 일본어에서 왔습니다. 일본어로 '간질(질병)'이라는 뜻을 한국에서는 '억지, 투정, 생떼' 같은 뜻으로 사용되어왔다는 게 충격이었습니다.

낑깡 : 일본어 '킨칸(金柑)'에서 나온 말인 '낑깡'. 한국어로는 '금귤, 동귤' 등으로 불리고 있습니다.

단도리 : '단도리(だんどり)'는 원래 일을 해나가는 순서, 방법, 절차 또는 그것을 정하는 일을 뜻하는 일본어입니다. 이 말이 우리나라에 들어와 작업 현장에서 가공, 조립 공정에 있어서 공작물, 공구 등을 소요의 상

태에 설치하여 작업 준비를 한다는 의미의 용어로 쓰이게 된 것입니다.
'단도리 작업'이라고도 하며 단도리 작업에 소요되는 시간을 '단도리
시간'이라고 합니다. 즉 일을 해나가는 순서, 방법, 절차 또는 그것을 정
하는 일을 '단도리'라고 합니다.

곤색 : 감색을 일본어로 곤색(こんいろ, 紺色)이라고 합니다. 어두운 푸른
빛을 '곤색'이라 표현합니다. 한국어로는 '감색'이 적절합니다.

소라색 : 일본어 '소라(空そら)'에서 온 말입니다. '하늘'을 일본어로 '소라'
라고 부르는데, 그래서 하늘색을 소라색으로 한국에서 잘못 사용하고
있답니다.

뗑뗑이(또는 땅땅이) : 일본어 '텐텐(点々てんてん)'을 우리식으로 발음해
서 '뗑뗑이'라는 단어로 쓰이고 있습니다. 한국어로는 '물방울무늬'가
적절합니다.

데덴찌 : 어릴 적 '데덴찌'라고 편 가를 때 많이 사용했던 놀이 기억하
시나요? 일본어 '테텐치(손등과 손바닥 , 手天地)'에서 따온 말입니다. 주
로 편을 가를 때 '데덴~찌'하면서 손등이나 손바닥을 내밀고, 같은 것
을 내민 사람끼리 같은 편이 됩니다.

만땅 : '滿(まん)タン'은 일본어와 외래어로 이루어진 일본식 외래어입니
다. '가득'이라는 의미의 '滿'과 'タンク(tank)'의 줄임말인 'タン'이 합쳐진
말로, 연료 등을 탱크 가득히 넣는 것을 뜻합니다. 주유소에서 기름을
넣을 때 '입빠이(一杯:いっぱい)'라는 말을 쓰기도 하지만, '만땅(滿タン)'
이라는 말도 이에 못지않게 많이 쓰이고 있습니다. 一杯(입빠이)가 아닌
가득(히)라는 말로 바꿔 써야 합니다.

삐까번쩍하다 : '삐까번쩍하다', '비까번쩍하다'는 '번쩍'을 의미하는 일본어 'ピか(삐까, 비까)'에서 온 일본어투 용어들입니다. 이 단어들은 순우리말인 '번쩍번쩍하다'로 대체할 수 있는데요. '번쩍번쩍하게 광을 냈다', '번쩍번쩍 빛이 난다'처럼 쓸 수 있습니다. 애니메이션 포켓몬스터에서 피카츄가 주문을 외울 때 "삐까!"라고 쓰지요. '번쩍'이라는 의미에서 사용된 겁니다.

오라이 오라이 : '앞으로(혹은 뒤로) 가도 돼'라는 의미이고 '괜찮아, 좋아'란 뜻을 가지고 있는 'All right'이라는 영어 단어가 일본 사람들의 잘못된 발음 때문에 '오라이'로 변형되었습니다. 실제로 일본에서는 아직까지도 차를 봐줄 때 '오라이'라고 발음합니다. 저는 설마 그게 영어의 'All right'일 거라고 생각하지 못했습니다.

뿜빠이 : 회식이나 모임 따위의 전체 비용을 참석한 사람 수만큼 거두어 내는 일을 통속적으로 이르는 말. 일본어 '분빠이(분배 分配)'라는 단어에서 왔습니다.

맘마 : 아기들에게 엄마들이 하는 '맘마'라는 말도 일본으로부터 전해진 일본말의 잔재라는 설이 있습니다. 그런데 '맘마'라는 단어가 다른 나라에서도 사용되는 경우가 있다고 합니다.

넨네 : 지방에서는 아이를 재울 때 '코코넨네 하자.'라는 말로 많이 쓰인다는데요. 이것도 일본어 '넨네(잠을 잠 ねんね)'이라는 단어에서 나온 말이라고 합니다.

몸빼 바지 : 일본어 もんぺ라는 단어에서 왔습니다. 농촌, 산촌에서 밭일, 겨울 나들이 때 입는 일종의 바지(주로 여성용)입니다.

후앙 : fan의 일본식 발음입니다. '후앙'이라는 단어보다는 '환풍기'가 적절한 단어입니다.

다꽝 : '단무지'(타구앙)의 일본어 표현입니다. 한 가지 팁으로 '다꽝'은 에도시대 승려 이름으로 다꽝을 퍼트린 사람입니다.

무데뽀 : '무데뽀'의 어원은 일본어 '無鐵砲'입니다. '앞뒤 생각 없이 행동하는 모양'이라는 뜻입니다. 여기서 '鐵砲'는 일본말로 '(쇠)총'이라는 뜻입니다. 그러므로 '無鐵砲'란 흔히 하는 말로 '전쟁터에 나가는 군인이 총도 안 가지고 간다'와 비슷한 뜻이지요. 이 일본식 한자어의 발음(むてっぽう)을 외국어(아직은 우리말인 외래어가 아니라 외국어인 줄로 압니다.) 표기법에 맞추어 쓰면 아마 '무뎃포'가 됐을 것입니다. '쇠鐵'자의 일본어 발음이 'てつ'(데츠)인데 뒷글자와 연음이 되어서 'てっ'(뎃)으로 바뀐 거지요.

고도리 : 코토리. 참새나 동박새, 종다리 등과 같은 '작은 새(小鳥:こ-とり)'를 이르는 일본어인데 우연히도 해당 패의 새 숫자가 5마리[1][2]이기도 해서 5점입니다. 일본 포탈 쪽에서는 五鳥에서 숫자 5와 새가 합쳐져서 고도리라고 변형된 것이 아닐까 추측하고 있습니다.

테레비 : 텔레비전의 잘못된 일본식 발음입니다.

다대기 : たたき. 칼국수나 설렁탕 등을 먹을 때 칼칼한 맛을 돋우고자 넣는 양념을 흔히 '다대기'라고 하는데, 이 말은 일본어 'たたき타타키'에서 온 말이라고 합니다. 'たたき'는 일본어로는 '두들김, 다짐'이라는 뜻인데 우리나라에서는 여러 재료를 넣어 다진 양념을 가리키는 말이 되었습니다.

노가다 : '도카타(土方)'라고 읽는데 이 '도카타'가 변형되어 사용되면서 '노가다'가 되었습니다. 일본어의 잔재이므로 사용하지 않는 것이 바람직합니다.

나와바리 : 일본어 なわばり. 영향력이나 세력이 미치는 공간이나 영역을 속되게 이르는 말입니다.

쓰키다시 : '付き出し(つきだし)'를 다듬은 말입니다. 일식집에서 주된 음식이 나오기 전에 가볍게 먹을 수 있도록 내어놓는 음식이나 술안주를 말하며, 한국식 발음으로는 '쓰키다시' 또는 '츠키다시'로 불리고 있습니다.

가오 : 일본어로 '가오'라는 뜻은 얼굴이라는 뜻, 한국에서는 '체면'이라는 의미로 사용되고 있습니다.

오뎅 : おでん. 어묵꼬치, 생선묵을 말합니다. 우리나라에 간이 음식으로 널리 퍼져 있는 "오뎅"은 곤약, 생선묵, 묵, 유부 따위를 여러 개씩 꼬챙이에 꿰어, 끓는 장국에 넣어 익힌 일본식 술안주를 가리킵니다. 그냥 생선묵 하나만을 꼬치에 꿰어 파는 것도 오뎅이라고 하고, 꼬치에 꿰지 않고 반찬거리로 파는 생선묵도 오뎅이라고 합니다. 오뎅은 우리말로 '어묵 꼬치' 또는 '꼬치 안주'라고 바꿔 쓰면 적당합니다.

미깡 : '밀감'의 일본어 발음입니다. '귤'의 제주도 방언이라는 말도 있습니다.

18번 : 일본에서 들어온 단어, 가장 즐겨 부르는 노래, 일본의 유명한 가부키 집안에 전하여 오던 18번의 인기 연주 목록에서 온 말입니다. 한국어로는 '단골 노래'로 표현할 수 있습니다.

쎄쎄쎄 : '쎄쎄쎄'는 일본에서 손뼉치기 놀이를 할 때 부르는 노래 '아오

야마 둑에서'와 선율에 공통점이 많은 것으로 나타납니다.

왔다리 갔다리 : ~たり~たり. '왔다리 갔다리'는 우리말 '왔다 갔다'에 같은 뜻의 일본어 '잇타리(行) 키타리(來)'를 더해서 쓰는 잘못된 표현이라고 합니다.

난닝구 : '러닝셔츠'의 일본어 표현입니다. ナンニング 순화어인 '러닝셔츠'만을 쓰도록 권하고 있습니다.

기스 : 'きず 기스'는 우리말의 '상처, 흠, 흠집, 결점, 티' 등의 뜻을 지닌 말입니다.

잉꼬부부 : 원앙부부. 앵무새가 일본어로 '잉꼬'입니다. 그러나 '잉꼬부부'라는 단어는 일본에서도 사용하지 않습니다.

소보로빵 : 곰보빵의 일본어 표현.

정말 많은 표현에서 일본어가 느껴집니다.

여담으로, 한국 유학생들이 실수를 많이 하는 것이 이모티콘입니다. 우리나라는 울음 표시를 한글 'ㅜㅜㅜ'를 이용해서 사용하는데, 일본에서는 눈물의 한자인 '나미다' 또는 ';_;'을 많이 표시합니다. 실제로 한국 유학생이 저한테 일본 커뮤니티에서 ㅜㅜㅜ를 사용해서 한국 사람이냐고 물어보니 어떻게 알았냐고 물어봐서 ㅜㅜㅜ는 한국어라고 말한 적이 있습니다. 또한 한국에서는 사람과의 대화를 표현할 때 '큰따옴표 " "'를 사용하는데 일본은 큰따옴표 대신 「 」를 씁니다. 이러한 사소한 차이를 알고 일본어를 사용하면 좀 더 현지인 스럽게 표현할 수 있을 것 같습니다.

일본생활에서 가장 유용했던 사이트 (저는 동경에 거주했습니다.)

동유모(동경 유학생모임) - 아르바이트 구할 때, 중고 물품, 가구를 사고 팔 때 유용했습니다. 아무래도 동경 유학생 모임이기 때문에 동경에 한 정되어 있습니다.

일본맘(일본에 사는 기혼자 여성의 모임) - 일본 생활 전반에 대한 팁을 얻을 수 있습니다. 남편의 국적에 상관없이 일본에 거주하는 한국인 기 혼여성들이 가입할 수 있습니다. 가끔 한국 남편과 결혼하신 일본 여성 분들의 글도 보입니다. 일본에 거주하는 전국의 여성 기혼자들이 가입 하는 사이트여서 매우 유용했습니다.

메루카리(メルカリ) - 일본의 대표 중고거래 사이트, 물건을 사고팔 때 매우 유용합니다. 한국의 중고나라, 번개 장터 같은 곳인데 한국과는 다르게 물건을 받고 구매자가 평가를 해야 돈이 들어옵니다. 잘만 하면 필요한 물건을 좋은 가격에 구입할 수 있고 좋은 가격에 판매도 가능 해서 저에게는 매우 유용했습니다. 다만 판매자 판매수익의 10%를 수 수료로 떼기 때문에 그 부분은 비싸다고 느껴졌습니다.

리쿠나비(リクナビ), 인디드(Indeed) - 취업검색 사이트. 취업할 때 필 수 사이트입니다. 저는 리쿠나비, 인디드에 이력서를 입력해놓고 면접을 보았고, 실제로 인디드 사이트를 통해서 취업도 성공할 수 있었습니다.

아메바(Ameba) 블로그 - 네이버 블로그처럼 일본의 대표적인 블로 그. 일본의 최신 트렌드 등을 알 수 있습니다. 한국의 블로그와 비슷하다고 생각하면 됩니다.

아이피를 바꿔주는 openVPN, OvpnSpider 라는 어플 – 일본에 거주할 때 가끔 한국 방송이 보고 싶은데 해외 아이피라서 막아놓았을 때, 한국 아이피로 변환 후 볼 수 있다는 편리함이 있습니다.

내 인생에서 가장 비쌌던 노래방

우리도 코인노래방이 최근 들어 발달하면서 1인당 요금을 받긴 하지만, 일본은 인당으로 노래방을 계산합니다. 그래서 많은 인원이 노래방을 가면, 노래는 부르지 못하는데 그만큼 비싸집니다.

아직도 잊혀지지 않는 것이, 처음 노래방을 간 날입니다. 일본어학교의 외국인 친구들과 총 9명이 노래방을 갔는데, 요금이 1시간 반에 1인당 6천 엔(한화 6만 원)이 나온 것입니다. 즉 9명이 한 시간 반 노래를 부르는 동안 한 사람 당 2~3곡을 부르고, 음료수 한 잔씩을 먹었는데 총 5만 4천 엔(한화 54만 원)을 낸 것입니다. 같이 간 친구들이 한국, 대만 친구들이었는데 인당 계산하는 노래방 시스템 때문에 54만원을 내니 얼마나 아깝던지. 유학생 시절이라서 돈도 없었을 때라 피눈물 흘리면서 계산을 했습니다. 남편한테도 일본 살았던 6년 중에 제일 기억나는 에피소드 있냐고 물어봤더니, 9명이서 같이 갔던 노래방을 잊을 수 없다면서 아직까지 웃으면서 이야기하곤 합니다.

일본어는 어려워

저는 일본어를 못해서 처음에 일본어학교 선생님이 "미나상, 오하요고 자이마스." 항상 우리에게 말할 때 '미나상'이라고 말해서 '미나는 누구인걸까?' 일주일동안 고민했는데 '미나상'이 '여러분'을 의미하는 단어였습니다. '숙제'라는 단어를 몰라서 2주일동안 숙제를 하지 못했던 일도 있었고, 물건을 살 때 일본어를 몰라서 번역기를 보여주면서 물건을 찾은 적도 있었습니다.

일본에 유학을 시작할 때 원래 일본어를 좋아해서, 유학을 한 케이스가 아니어서 일본어에 흥미를 가지기까지 힘들었습니다. 유학을 시작하고 2년이 지나고 어느 정도 일본어가 통하는 시기가 오니 좀 더 일본 생활을 즐길 수 있었습니다. 외국생활을 해보니 그 나라 언어력을 늘리기 위해서는 반복하는 방법, 외우는 방법 밖에 없습니다.

교수님 소개로 외국인이 한 명도 없는 복지시설에서 2년을 근무한 적이 있었는데요. 일본어능력시험 1급을 땄음에도 불구하고 30%정도밖에 안 들렸던 일본어가 2개월 뒤에는 90%까지 이해가 되었습니다. 일본어를 빨리 습득하고자 하시는 분이라면 저는 한국인이 없는 곳에서 아르바이트라도 해보시길 추천합니다. 머릿속으로는 알아도 실제로 현지인들과 대화하거나 사용하는 단어는 전혀 다를 수 있습니다.

회사 생존기

아르바이트하기

일본어가 안 된다면, 일본유학생 카페를 이용하면 좋습니다. 도쿄라면 동유모 다음카페(동경 유학생 모임), 오사카 유학생 모임 등에서 한국 식당, 한국 가라오케, 한국식 찜질방, 모텔 청소 등 말이 필요 없는 아르바이트를 구하기 쉽습니다. 일본에서 아르바이트도 꾸준히 했는데 한국식당, 술집(이자카야, 居酒屋)에서 2년 정도 아르바이트도 한 경험이 있고, 빠칭코에서 환전 아르바이트를 했었습니다.

특히 빠칭코 환전 아르바이트는 '어서오세요(이랏샤이마세, いらっしゃいませ).', '감사합니다(아리가또우고자이마스, ありがとうございます。).' 이 두 단어와 숫자만 셀 수 있다면 가능했습니다. 그리고 아카사카에 있는 한국 호텔에서도 단기 아르바이트를 했었는데 한국 식당 또는 호텔 등에서 아르바이트를 할 때, 말을 못해도 알바는 할 수 있지만, 말을 하면 좀 더 수월하게 일할 수 있기에 아르바이트를 하면서도 언어는 꾸준히 하는 게 좋습니다. 한국인 사장인 한

국식 이자카야에서 아르바이트를 할 때, 일은 정말 잘했던 아르바이트생이 있었지만 말을 못 해서 결국엔 그만두고 귀국하는 학생도 보았습니다.

저의 경우는 일본어를 한마디도 못 했기 때문에 어학교에 다니는 1년 동안은 아르바이트를 하지 않았습니다. 일본에 와서 1년 후에 대학원 교수님의 소개로 데이서비스센터에서 일을 시작하게 되었습니다. 말을 하는 것을 워낙 좋아해서 일본어 회화가 빠르게 늘었고, 어학교에서 말은 잘하는 편이라 일본어에는 자신이 있어서 두려움 없이 일을 시작했습니다.

제가 일했던 데이서비스센터는 외국인이 한 번도 일해본 적 없는 시설이었습니다. 저를 제외하고 전원이 일본인이었습니다. 일을 시작하며 여태까지 배워왔던 일본어는 유치원생 수준에 불과했다고 느꼈습니다. 처음에는 일본어가 30%밖에 안 들려서 일을 이해하는데도 힘들었습니다. 노인복지시설이다 보니 평소에 쓰는 단어가 아닌 좀 더 전문적인 용어를 사용해서 이해하기 어려웠습니다.

하지만 하루에 9시간 내내 일본어를 사용하고, 직원 15명, 시설 이용자 약 100명과 일본어로만 대화하다 보니 3개월이 지나자 90%가 들리기 시작했습니다. 처음에는 고생했지만, 일본인들밖에 없는 곳에서 일하다 보니 일본어가 매우 늘었습니다. 아르바이트할 때 일본어에 자신 있다면, 한국인이 사장인 곳보다는 일본인

가게에서 일하는 게 좋을 것 같습니다. 본인의 성향과 본인이 지향하고자 하는 일본어 실력에 따라서 아르바이트를 구하는 것이 좋습니다.

취업하기

일본은 지금 고령화가 진행됨으로써 한국보다 취직하기가 쉽습니다. 다만 주의해야 할 점을 알려드리겠습니다.

한국과 다른 점이 3가지 있습니다.
첫째, 졸업하기 전에 취직을 해야 합니다.
둘째, 이력서를 손으로 써야 합니다.(화이트 사용 불가)
셋째, 여러 가지 회사에 지원하고 내정을 받은 후 갈지 말지 여부를 결정합니다.

첫째, 대학, 대학원을 졸업하기 전에 취직해야 합니다.

일본에서는 졸업한 후에 취직을 준비하는 사람을 "기졸"이라고 부릅니다. 기졸은 졸업 후 취업한 경험이 없는 사람을 말합니다. 기업이 기졸에 대해서 느끼는 이미지는 신졸업(졸업 예정인 취업 준비생)과 다르게 부정적입니다. 신졸업 중에 취업 실패로 기졸이 되는 경우가 있고, 준비생이 찾는 직종이나 직장, 조건 등 눈이 높아서 취직이 안 되는 것 아니냐는 부정적인 이미지가 깔려있습니다. 그래서 취직이 안 되었다면 졸업을 유예하는 경우가 있습니다.

반대의 경우도 있습니다. 졸업이 취소되면 취업이 취소됩니다.

대학원 동기 2명이 학기 중에 취업 내정을 받았지만 졸업 논문과 졸업 면접을 통과하지 못해서 졸업을 못 함과 동시에 취업 내정도 취소되었습니다. 취업하는 것도 중요하고 졸업하는 것도 중요하겠죠.

그리고 취직 준비하는 기간은 4학년이 시작되기 전부터 취업 박람회를 다니면서 빠르게 준비하는 게 좋습니다. 저는 논문을 중요하게 생각해서 논문을 끝내고 준비하자는 생각이 강했고, 담당 교수님의 추천으로 미야기현의 국회의원 비서로 오라는 제의가 있었기 때문에 취업 걱정은 사실 안 했었습니다.

취업보다는 논문이 무사히 끝난 시점으로 남들이 1월부터 준비할 때 12월부터 준비해서 고생을 많이 했습니다. 12월에는 거의 모든 회사에서 내정자가 정해져 있기 때문에 사람을 뽑지 않습니다. 그래서 처음에 회사 내정이 되지 않으면, 취업하기 전까지 매우 불안합니다. 저는 운이 좋아서 한 달 만에 정해지긴 했지만, 취업이 안 되면 귀국해야 할 외국인 운명이었기 때문에 매우 불안한 시간을 보냈었습니다.

둘째, 이력서를 손으로 써야 합니다.(화이트 사용 불가)

참고 : 제 이력서 사진은 NG입니다. 제가 첨부한 이력서 사진은 사복을 입고 찍었는데, 한국과 똑같이 정장을 입고 찍어야합니다. 남아 있는 이력서 사진이 저것뿐이라 참고용으로 한번 첨부해봤습니다.

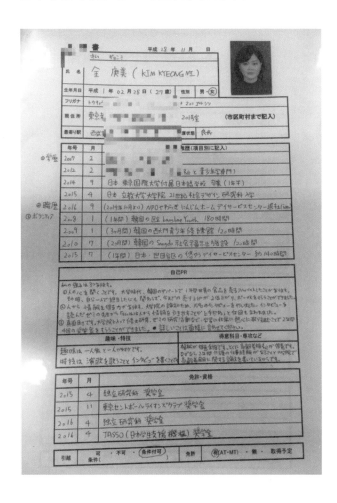

　일본은 이력서를 손으로 써야 합니다. 일본은 아날로그를 좋아합니다. 제가 지원했던 회사들은 이력서를 가지고 가서 그 시점에 1차 면접 또는 회사에서 정해진 시험을 치렀는데 아주 간혹 홈페이지에 접수하는 회사들이 있지만, 기본적으로 일본의 이력서는 손으로 씁니다. 제가 지원했던 모든 회사는 수기로 이력서를 작성했습니다. 다만 리쿠나비, 인디드 등 인터넷으로 지원하는 사이트가 증가함에 따라서 이력서를 인터넷으로 보내는 곳도 있는데, 인터넷으로 받은 후 수기의 이력서를 원하는 곳도 있습니다. 그리고 수기로 쓴 경우에는 글씨를 정성들여서 쓰는 게 좋습니다. 글씨를 보는 것이 아니라 이력서를 쓰는 정성을 봅니다. 또한 한 글자라도 틀린다면, 과감하게 버리고 다시 쓰는 것이 좋습니다. 하나의 이력서를 완성하기 위해서 3시간 걸린 적도 있습니다. 아날로그라고 해도 어쩌겠어요. 우리는 지원하는 사람이니 회사에 맞출 수밖에 없습니다. 한 글자 틀려서 버릴 때는 마음이 아픈 적이 많았습니다.

　한 가지 주의를 드리고 싶은 점은 번역기를 통해 쓴 이력서는 티가 납니다. 이력서를 성의 있게 씁시다.

셋째, 신졸자의 경우 여러 가지 회사에 지원하고 내정을 받은 후 갈지 말지를 결정합니다.

한국에서는 마음에 드는 회사 한 군데 내정을 받은 후에 취업 준비를 멈추는 경우가 많은 것으로 알고 있는데, 일본에서는 4월 부터 12월까지 면접을 통해서 내정을 정한 후 그다음 해 4월에 입사하기 때문에 취업 준비하는 학생들은 여러 군데의 회사에서 내정을 받은 후에 결정하는 경우가 종종 있습니다. 예전에는 몇 개의 회사에서 내정을 받았는지 경쟁하는 듯한 드라마도 종종 나왔습니다. 조금 더 좋은 회사로 가고 싶은 욕심은 한국이든 일본이든 다 똑같은 것 같습니다. 그래서 회사 측에서는 이미 뽑아 놓은 내정자들이 다른 회사로 옮기지 않을까 전전긍긍해 단속하는 경우도 있습니다.

SBS 뉴스 기사에 일본의 취업에 관한 기사가 잘 정리되어 있어 참고용으로 가지고 와봤습니다.

한국의 취업난이 심각해지면서 해외 취업을 생각하는 분들이 많아졌다는 기사를 본 적이 있습니다. 해외 취업 국가 중에 가장 인기 많은 곳이 일본인데, 트럼프 정부가 외국인 취업비자를 강화하면서 상대적으로 일본이 더 주목을 받는다고 합니다.(SBS 뉴스 참고)
결론적으로 말하자면 일본은 취업하기 쉽다는 인터넷 기사와 정보를

본 사람들이 일본취업은 아주 간단히 되는 줄 아는데, 일본에서도 대기업, 항공업계 등 좋은 회사들은 일본인들이 몰리기 때문에 일본에서도 취업하기 힘듭니다.

혹시 IT업계라면 추천합니다. 엄청 높은 일본어 스킬이 필요한 것이 아니라 작업을 잘하고 자격증만 있다면 가능하다고 들었고, 실제로 IT업계로 취업하신 분들이 많았어요. 다만 주의해야 할 것이 일본 IT업계는 우리나라처럼 철저한 하청 시스템으로 이루어져 있습니다. 도시바, NTT, 히타치 등 대기업 계열 IT 업체가 대규모 시스템 개발을 수주하면 이후 2차 3차 하청 업체들이 사업을 나눠서 개발합니다. IT업계에 무조건 취업하는 것이 좋은 것이 아니라 악덕 기업을 피하고자 조심해야 합니다. 일본인도 피하는 저임금, 3D업종 지방 근무 등이 될 수도 있기 때문에 취업할 때 조심해야 합니다. 또한, 높은 자리에 가기 위해서는 일본어가 필수입니다. 인터넷으로 대충 정보를 보고 일본만 가면 취업한다고 생각하는 것은 오산이고 일본문화에 익숙하지 않으면 적응하기 힘듭니다.

일본 임금구조 기본통계 (2017.6 후생노동성)

100~999명 규모 회사의 남성 신입사원이면 20만 3천 900엔 * 12개월 = 244만 6천 800엔에 대략 10~20%의 수당이 붙어 연봉으로 따지면 우리 돈 2천 600만 원 정도가 될 듯합니다. 이처럼 일본 취업에서 반드시 알아둘 점은 일본 기업의 초임이 생각보다 많지 않다는 겁니다.

대기업들은 20만 엔 정도의 월급이 보통이고, 작은 기업일수록 오히려
-인재 확보를 위해 25만 엔까지 급여를 높이 부릅니다.

반드시 알아둬야 할 개념이 또 하나 있습니다. 바로 테도리(手取り, 손에
실제 쥐는 소득)입니다. 월급[기본급+추가 근무 수당+교통비 등 실비정
산 수당]에서 세금[소득세+주민세], 그리고 사회보장료[건강보험료+연
금+고용보험료 등]를 뺀, 정말 생활비로 쓸 수 있는 돈을 말합니다. 통
상 총 급여의 75~80% 정도입니다. 일본인들도 취업하거나 이직을 할
때 테도리를 중심으로 판단합니다. 이 테도리를 기준으로 생각하면 일
본 취업 생활이 더욱 만만치 않다는 것을 알 수 있습니다.

그럼 일본의 생활비는 어느 정도일까요? 공식 자료들을 통해 살펴보겠
습니다. 우선 일본 공무원들의 월급을 결정하는 일본 인사원이 제시한
월간 표준생계비입니다.

일본 인사원 월간 표준생계비 (2017.4 기준)

혼자 사는 젊은이라면 11만 6천 560엔이 든다고 합니다. 저축 같은 것
은 없습니다. 일본에서도 전체적으로 비현실적이라는 비난이 적지 않
습니다. 당장 도쿄에서 월세 4만 엔의 방을 찾기가 쉽지 않습니다. 실제
이 정도만 필요하다면 테도리(手取り)로 어느 정도 생활비를 감당할 수
있습니다.

일본 취업을 막연하게 생각하지 말고, 좀 더 꼼꼼하게 취업부터 생활하는 방법까지 준비하는 것이 좋을 거라 생각합니다.

일본에서 아르바이트, 취업, 유학 면접에서 가장 많이 나오는 질문 ①일본에 왜 왔느냐 또는 ②일본이 왜 좋은가

남자인 경우 ③군대를 마쳤는지, ④군대는 어땠는지 이런 것들이 가장 많이 물어보는 질문들 중 하나이니 질문에 대한 대답을 미리 생각해도 좋습니다.

일본의 회사생활

1) 혹시라도 여행을 가거나, 출장을 가는 것이 비밀이 아니라면 여행 후 선물(오미야게, お土産)은 반드시 사야 합니다. 일본에서는 여행 후 또는 출장으로 다른 지역, 다른 나라를 방문한다면 그 지역의 특산물을 사가는 것이 예의입니다. 비밀로 가는 것이 아니라면 반드시 사갈 것을 추천합니다. 오미야게는 600엔에서 2,000엔까지 다양합니다. 보통 1,000엔 안팎의 오미야게를 사가는 것이 보통입니다

2) 회사 분위기에 따라 다르나 회식 때 노래방(가라오케, カラオケ)을 갈 일이 많습니다. 가라오케를 가게 된다면 웬만하면 일본음악 2~3개 정도는 알아두는 것이 좋습니다. 한국노래를 부르면 분위기가 싸해지는 경우가 있습니다. 회사에서 노래방에 갔는데 외국인이 모르는 외국 노래 부르는 느낌이랄까? 신나는 노래도 좋고 일본 트로트(엔가, 演歌)를 불러주면 분위기가 좋아집니다.

개인적으로 좀 젊은 친구들하고 가라오케 갔을 때는 AKB48 노래 '만나고 싶었다'(아이다갓다, 会いたかった), '해피로테이션'(하피-로-테-숀), 엔가로는 테레사텐(한국명 등려군), 니시노 카나, 나카시마 미카, 이시카와 사유리 등등을 연습해간다면 매우 뜨거운 반응을 볼 수 있습니다. 특히 엔가로는 이시가와 사유리의 '츠가루카이쿄 후유케시키(津軽海峡)' 부르면 정말 반응이 좋았습니다. 예를 들자면 외국 사람이 구수한 한국말로 남행열차, 어머나 등을 부르는 듯한 모습이랄까요? 저는 회식으로 노래방을 간다면 이 노래를 추천합니다.

3) 아르바이트, 회사 모두 웬만하면 교통비가 나옵니다. 단 제가 다녔던 회사, 아르바이트는 모두 하루에 1,000엔(한화 만 원 정도)까지만 지원되었습니다. 한국회사와 다르게 밥값은 제공되지 않습니다. 일본은 교통비가 워낙 비싸기 때문에 밥값 대신 교통비가 제공됩니다. 보통 회사원들은 밖에서 사먹거나, 도시락을 싸서 다닙니다. 보통 편의점 도시락을 사먹는 직장인들이 많습니다. 한국에 와서 제일 좋은 점은 회사에 구내식당이 있다는 점입니다. 지금 다니는 한국회사가 참 좋은 점은 구내식당이 있어서 한 끼에 3,000원으로 점심을 해결할 수 있고 맛도 있기 때문에 너무 만족하고 있습니다. 일본에서 매번 도시락을 싸서 다니는 것이 고생스러웠기 때문입니다.

4) 일본은 정년을 보장해주는 회사가 많습니다. 이직하는 사람들도 많지만, 사기업의 경우에도 한번 일한 회사에서 오래 근무하는 경우가 많습니다. 일본에서는 1~2년 만에 이직을 해서 회사 옮기는 것을 이력에 잘 쳐주지 않기 때문에, 대부분의 사람들이 이직하고 싶어도 3년을 채우고 이직하는 경우가 많았습니다. 1~2년 만에 그만두는 사람들에 대해서 회사들은 부정적입니다.

5) 근면해서 그런지 모르겠지만 출근을 일찍 하는 사람들이 많습니다. 9시 출근인데 7시에서 7시 반 사이에 출근하는 사람도 많았습니다. 연령대에 따라서 다른 것 같은데, 중년 분들은 일찍 출근하는 사람들이 많았습니다. 제가 일했던 호텔의 청소 담당자는 출근 시간이 8시 반까지인데, 새벽 6시에 출근을 하는 사람도 있었습니다. 지배인이 일찍 출근하지 말라고 해도 바뀌지 않았습니다.

6) 한국은 야근을 하게 되면 중간에 밥을 먹고 일을 다시 시작하는데 일본 사람들은 일이 끝나고 밥을 먹습니다. 예를 들어 9시에 일이 끝나면 9시까지 일을 끝낸 후 집에서 밥을 먹거나 밖에서 밥을 먹는 문화입니다. 잔업을 하는 도중에 주전부리를 먹는 사람은 봤어도 제대로 밥을 챙겨 먹는 사람들은 보지 못했습니다.

7) 우리는 외국인입니다. 일을 배우는 속도가 일본인보다는 느릴 수밖에 없습니다. 일본에서 일할 때 저에 대한 평가는 "업무 숙지하는데 시간이 3개월 정도 소요되지만 일을 숙지하고 나면 일 처리가 빠른 사람"이었습니다. 이번에 처음으로 한국에서 제대로 취직해서 일을 했는데, 제가 전혀 접해보지 못했던 낯선 분야임에도 불구하고 "별 어려움 없이 일을 배우는 사람"이라고 선배가 평가해줬습니다. 일본에서만 직장생활을 해보았기 때문에, 여태까지 저는 제가 일을 숙지하는 데 시간이 걸리는 편이라고 생각했습니다.

8) 한국에서 아직 논의 중인 해피먼데이법이 있습니다.(2021년 6월 현재 아직 논의중)

일본은 한국과 동일하게 15일의 공휴일을 운영합니다. 일본도 한국과 같이 과거에는 요일을 지정한 공휴일이 없었습니다. 하지만 1998년 법 개정으로 '성인의 날(1월 둘째 주 월요일)'과 '체육의 날(10월 둘째 주 월요일)'이 요일제 공휴일로 지정되었습니다. 즉 주말에 공휴일이 있으면 익일 월요일에 쉬는 것으로 바뀌었다는 말입니다.

일본은 2001년 6월에 추가로 법 개정에 나서 '바다의 날(7월 셋째 주 월요일)', '경로의 날(8월 셋째 주 월요일)'을 요일제로 공휴일에 추가했습니다. 미국의 '월요일 공휴일법'을 참고한 것인데, 일본은 이를 '해피 먼데이'(Happy Monday)라고 부릅니다. 일본은 날짜가 지정된 공휴일은 대부분 대체공휴일을 적용합니다. 직장 생활할 때, 공휴일이 빨간 날이어도 못 쉬는 게 아니어서 좋았습니다. 그래서 한국과 같이 "이번 년에는 쉬는 날이 적어." 이런 말이 없습니다. 날짜로 하는 것이 아니라 '둘째 주 월요일' 이런 식으로 적용되기 때문입니다. 일본에서 일하는 직장인이라면 기쁜 소식이 아닐 수 없습니다. 한국에서도 빨리 적용되길 바랍니다.

주의 : 외국인 취업비자 거부당하는 사례

회사 직원이 취업비자를 거부당해서 퇴직하는 경우가 있었습니다. 회사에서 중국인 선배가 있었는데, 중국 구매 대행 일을 해 1억 5천만 원을 벌어들인 것이 걸려서 비자 갱신이 안 되었습니다. 나라 간의 문제로 인해서 운이 나쁘면 거부당하기도 한다고 합니다. 혹시라도 회사관리부나 일본인 관리팀 담당자가 직접 방문해서 회사에서 어떠한 역할을 하고 공헌을 하고 있는지 이야기하고 사유서를 제출하면 나올 수도 있다고 합니다.

탈세 의혹이나 소득에 대한 신고를 제대로 안하는 경우 또는 소득에 비해서 부양가족이 많거나 부양가족 공제로 소득세를 내지 않는 사람은 엄격하게 심사하는 경우가 있다고 합니다. 그래서 부양가족이 있어도 영주권 취득 후에 부양가족을 신청하는 외국인들이 있다고 합니다.

퇴사 때는 롤링페이퍼 선물을?!

일본에서 퇴사를 하면 롤링페이퍼를 주는 문화가 있습니다. 제가 생각하는 롤링페이퍼의 이미지는 어린 학생들이 하는 문화인데, 일본에서는 초등학교, 중학교, 대학교, 직장, 관계없이 쓰는 문화라고 합니다.

그만큼 일본에서는 롤링페이퍼 디자인, 도안 등이 중요하답니다. 일본에서는 롤링페이퍼를 시키시, 요세카키라고 부릅니다. 어떻게 하면 상대방 마음에 들 수 있게 그릴 수 있을까 고민하는 흔적이 느껴지는 것이 일본 사이트에 일본어로 '시키시'에 대해서 인터넷에 검색해보면, 디자인에 대한 관련 검색어가 뜹니다.

일본에서는 일반적으로 하얀색 정사각형 판에다가 다양한 디자인으로 작성을 한답니다.

근데 우리나라의 롤링페이퍼의 개념 하고는 약간 다르게 한명의 담당자를 정해서 진행을 합니다. 예를 들어 저도 시키시 담당을 2번 한 적이 있었는데 제가 담당했을 때는 폴라로이드로 사람들 사진을 찍어서 폴라로이드 흰색 부분에 이름과 메시지를 적게

해서 폴라로이드 앨범에 넣어서 선물과 함께 드렸던 적도 있습니다. 그리고 대학교 교수님한테는 30명 정도 불러서 파티를 하고, 오신 분들을 상대로 즉석에서 롤링페이퍼를 작성하게 하였습니다.

저도 일본에서 2군데 회사를 다녔는데, 2군데 회사에서 모두 롤링페이퍼를 받았습니다. 첫 번째 회사에서는 제 초상화를 그려서 메시지를 적어주시고, 하나는 근무하는 2년 동안 찍은 사진을 출력하고 메시지를 적어주는 등 상당히 정성이 들어간답니다.

얼마 전 제가 다녔던 회사 사람이 퇴사한다고 연락이 왔는데 요즘엔 코로나라고 모바일로 롤링페이퍼를 작성할 수 있으니 모바일로 작성해달라고 요청하는 연락이었습니다. 정말 롤링페이퍼를 사랑하는 나라이지요?

송별회를 할 때는 일반적으로 같이 술자리를 갖고, 롤링페이퍼, 약간의 선물을 주고 바이바이를 하는 것 같습니다. 송별회에서 롤링페이퍼를 작성하는 문화는 좋은 것 같습니다.

하나의 언어를 배우는 것은 다른 인격을 갖는 것과 같다

예전에 하나의 언어를 사용한다는 건 다른 인격을 갖는 것과 같다는 글을 읽은 적이 있습니다. 영어 할 때 저는 좀 더 당당하고 자신감이 넘치게 느껴지는 반면 일본어를 할 때는 좀더 애교스럽고, 좀 더 여성스럽고, 조심스럽고 꼼꼼한 성격으로 바뀝니다.

원래 성격은 덜렁덜렁 거리고 털털한 성격인데, 일본 조직에서 근무할 때 실수를 용서 못하는 문화가 있어 조심했던 경험이 있습니다. 하나의 예로 호텔 프론트에 근무할 때, 10엔(한국 돈 100원)이 안맞아서 2시간 동안 그 10엔을 찾으려고 8명의 스탭을 찾아갔습니다. 하지만 거스름 돈이 안 맞아 현금으로 계산한 고객의 명단을 전부 확인하고 카메라 확인도 한 후 그래도 맞지 않아 바닥 구석구석을 확인했습니다. 결국은 계산이 안맞아서 지배인에게 보고했던 경험이 있습니다.

새로운 신입이 들어오면 돈이 안 맞기 때문에 2시간에 한 번씩 잔돈이 맞는지 확인을 해야 했습니다. 원래 저의 성격 같으면 10엔 정도는 내 지갑에서 채웠을 텐데 그랬다가는 큰 문제가 될 수 있어서 수시로 확인하는 수밖에 없었습니다. 실수를 안 하려다 보니 사실 효율적이지는 않습니다. 일본어를 사용할 때는 좀 더 조심스럽고, 신중한 성격이 되어 버려서 일할 때만큼은 실수하지 않기 위해서 조심하려고 합니다.

매년 1월 1일, 일본의 신사 방문과 아마자케(감주) 이야기

일본의 설은 한국의 설과 다르게 양력으로 지냅니다. 그래서 대부분의 기업들이 12월 말부터 1월 초까지 명절 분위기입니다. 또 한국에서는 기독교, 천주교, 불교 등이 있는데 일본은 기독교가 1% 정도의 비율이다 보니 크리스마스 분위기는 있지만 크리스마스가 공휴일은 아닙니다.

일본인에게 있어 가장 중요한 새해맞이 행사는 하츠모데입니다.
일본의 중요한 행사로 1월 1일, 늦어도 1월 3일 전까지는 그 해의 첫 참배를 갑니다. 새해가 되어 설날에 처음으로 신사에 들러서 신사와 절에 참배하는 것을 말합니다. 일본의 에도시대에 널리 퍼졌다고 하는 '하츠모데'의 습관은 현지의 신사에 참배하고 작년에 대해 감사를 바치고, 금년 한 해의 무사함을 기원합니다.

참배를 가기 전에 집을 대청소하고(회사에서도 다 같이 대청소를 했습니다.) 새롭게 시작하는 마음으로 한 해를 맞이합니다. 옛날에는 먼저, 온 가족이 세신을 집에 모시고 감사하고, 함께 지역의 신에게 참배하는 풍습이 있었는데 최근에는 지역의 신보다 효험이 큰 유명 신사 등에 참배가 많아지고 있습니다. 대부분의 가정에서는 새해 첫날에 같이 방문을 합니다. 사진에서 보듯이 평상시에는 사람들이 가득하지 않지만 12월 31일이 지난 새벽과 1월 초까지는 사람들이 바글바글 하여 참배

하러가는 데까지도 몇 시간이 걸립니다.

참배는 각각의 신사에 따라 참배 형식도 다른데요. 신사의 신에게 소원을 빌고, 부적을 사서 액막이를 합니다. 또한, 작년에 샀던 부적이 있다면 1년을 넘기면 안 좋다고 하여 신사에 버리는 곳에다가 버리거나 신사를 못 가는 경우는 불에 태웁니다.

저는 하츠모데 장소로 유명한 아사쿠사 센소지 또는 집근처에 있었던 초후에 있던 작은 신사를 갔었습니다. 1월 1일에 방문했는데 사람들이 너무 많아서 저는 비교적 사람들이 적은 1월 2일이나 1월 3일에 갔습니다. 그래도 많이 붐비기 때문에 오전 말고, 오후 4시쯤에 갔습니다.

속마음 : 사실, 사람 많은 것을 너무나도 싫어해서 참배 가는 것이 싫지만, 제 주위 사람들은 신사에서 참배하는 것이 당연했기 때문에 일본에 있는 6년 동안 매년 갔습니다.

참배하려는 사람의 수를 제한하기 때문에 오후에 가도 참배까지는 30분에서 1시간 정도 기다려야 했습니다. 참배를 하기 전에 동전을 던지면서 소원을 비는 것을 일본에서는 '오사이센'이라고 합니다. 오사이센을 할 때 금액에 따라 여러 가지 의미가 있는데요, 그 중에 가장 인기 있는 동전은 단연코 5엔입니다. (한국 돈 50원) 그래서 새해에는 5엔을 준비해서 오사이센을 하는 사람들이 많아요.

5엔을 일본어로 하면 '고엔'이라고 발음을 하는데요. '인연, 연'을 의미하

는 '고엔'과 발음이 같아 연인과의 인연, 직장의 연, 출세의 연과 같은 여러 가지 인연을 바라는 의미로 5엔을 던집니다. 1월 1일 참배를 할 때는 의미를 생각하면서 5엔을 챙겨가는 것도 좋은 경험이 될 것 같습니다.

일본의 절이나 신사 등에서 길흉을 점치기 위해서 뽑는 제비를 '오미쿠지'라 하는데, 일반적으로 100엔을 넣고 통을 흔들어 숫자가 적힌 막대기를 뽑습니다. 숫자에 해당하는 서랍을 열고 안에 있는 길흉을 적은 종이를 꺼내어 운세가 좋지 않을 경우에는 종이의 나쁜 운이 나오지 못하게 접어서 나뭇가지나 지정된 장소에 매어놓고, 좋은 운이 나오면 가지고 돌아가서 다음에 그 절이나 신사에 갔을 때 두고 간다고 해요. 길이 나오는 경우에는 지갑에 넣어 다니거나 부적처럼 몸에 지니고 다닙니다. 저 같은 경우에는 대길이 나왔는데 지갑에 넣어 소중히 간직했습니다. 다만 처음에 뽑았던 오미쿠지는 대흉이 나와서 곱게 접어서 신사의 나무에 매어놓고 나왔습니다.

신사근처에 '아마자케'(일본식 식혜)를 판매하거나 그냥 주는 경우가 있으니 한번 마셔보는 것도 좋을 것 같습니다. 첫 참배에서 아마자케를 대접하는 이유에는 여러 가지 설이 있습니다.

*겨울이라 밖이 춥기 때문에 몸을 따뜻하게 하기 위해서 신사가 제공한다는 설.

*쌀을 재배하는 농가가 작년의 쌀 수확에 감사하며, 그해의 풍년을 기

원하며 단술을 빚어 신에게 올리는 풍습에서 유래했다는 설.

*설에 마시는 '도소'라는 길한 술 대신 어린아이도 마실 수 있는 단술을 대접한다는 설.

참고로 '도소'라고 하는 것은 간단히 말하면 한약을 술에 담근 약주라고 합니다.

아마자케에 대해서 자세히 말하자면, 2017년에는 일본에서 아마자케 붐이 일어났었는데요. 아마자케는 일본의 전통 감주인데 누룩과 쌀, 술지게미 등으로 만들며 술이라는 이름이 붙어 있긴 하지만 알코올 함유량이 극히 낮아 일본에서는 청량음료로 취급되어 판매되고 있습니다. 건강을 지향하는 여성층 중심으로 인기가 많은데 '마시는 물방울'이라고 불리는 아마자케는 2017년부터 다양한 맛이 다수 개발되며 일상적으로 음용하는 고정 소비자가 크게 늘었습니다. 아마(甘)+사케(酒)=단술, '달콤한 술'이라는 의미의 아마자케는 이름 때문에 달콤한 음료라고 생각하시는 분도 있지만 아마자케는 쌀과 누룩을 발효시켜서 만든 발효의 단계에서 자연의 달콤함이 나오므로 설탕은 사용하지 않는다고 합니다.

또한 아마자케는 우리의 몸에 필요한 거의 모든 영양이 들어 있다고 해도 좋을 만큼 많은 영양소가 포함되어 있다고 하는데요. 주로 포도당, 그 외에 비타민 B군, 아미노산 등입니다. 실제로 아마자케(일본식 식혜)는 병원의 링거의 성분과 거의 같다고 합니다.(야후 재팬 참고)

아마자케 효능

여러 가지가 있는데요. 그 중에서 대표적인 10가지의 효능에 대해서 살펴볼게요!

1. 피부미용.
2. 아마자케 효소가 다이어트효과.
3. 변비해소.
4. 장내환경이 좋아져서 면역력 업.
5. 영양면에서도 훌륭해서 피로회복에도 좋음.
6. 비오틴이 있어서 머리 결도 좋아짐.
7. 스트레스를 경감시켜 릴랙스 효과.
8. 혈관개선, 다크서클을 없애주는 효과.
9. 혈압 상승을 막아주는 효과.
10. 당뇨병 예방에도 효과적.

일본 돈키호테, 동네 슈퍼 등에서도 쉽게 구할 수 있습니다.

제가 꾸준히 먹었던 아마자케 사진도 첨부합니다.

아침에 밥 대신 먹기도 했습니다.

안에 있는 내용물을 따뜻한 물에 섞어 먹으면 맛있고, 맛은 한국의 식혜 맛과 비슷하답니다. 몸에 좋다고 하니 새해 참배를 하지 않는다고 해도 일본 여행 시 한 번쯤 구입해서 맛보는 것은 어떨까요?

1월 1일 일본의 새해맞이 후쿠부쿠로 실패 경험기

일본에만 있는 새해 이벤트 '후쿠부쿠로(福袋)'에 대해서 소개할까 해요. 1월1일 전후는 일본의 설이랍니다. 귀성객들과 여행을 떠나는 사람들로 공항이 엄청 붐빈다고 해요. 일본에 온지 1년이 채 안 된 겨울, 신년 맞이에 들뜬 거리와 사람들처럼 우리 부부도 타국에서 맞는 신년에 대한 기대감과 설렘으로 하루하루를 보내던 중, TV 광고와 거리에서 후쿠부쿠로 등 처음 보는 물건을 파는 것을 볼 수 있었답니다.

'후쿠부쿠로(福袋)'를 직역하면, '복주머니'라는 뜻인데요. 일본에서는 매년 새해(1/1일, 1/2일) 상점에서 주머니에 일정 가격에 맞는 상품을 담아 판매하고 있는데요. 그 주머니가 바로 후쿠부쿠로입니다. 가격대는 5천엔, 만엔, 2만엔, 3만엔 등으로 다양합니다. 대표적으로 인기가 많은 후쿠부쿠로는 스타벅스, 무인양품, 폴스미스 등으로 옷, 커피, 화장품 등등 무궁무진합니다.

후쿠부쿠로 안에는 물건이 랜덤으로 들어가 있어서 안에 무엇이 담겨 있을지는 열기 전에 알 수 없어요. 후쿠부쿠로를 통해서 자신의 새해의 운을 점쳐보는 사람도 있답니다.

후쿠부쿠로의 판매 시기는 상점마다 다르지만, 보통 연휴가 시작되는

1월 1일이나 1월 2일 즈음에 판매가 시작된다고 합니다. 백화점은 보통 1월1일에 시작하는 곳이 많지만, 다른 상점들은 1월1일에 쉬는 곳이 많아 보통 1월 2일부터 시작합니다. 자세한 일정을 알기 위해서는 관심이 있었던 브랜드의 공식 홈페이지를 참고하여 후쿠부쿠로 시작일을 미리 봐두는 것도 좋은 후쿠부쿠로를 얻을 수 있는 방법 중 하나겠지요.

* 인터넷으로 판매를 시작하는 곳도 있어요.
후쿠부쿠로는 백화점과 유명 브랜드 매장 등 정말 웬만한 상점이라면 거의 다 실시하고 있습니다. 심지어 제가 일 년 동안 다녔던 핫요가 학원에서 조차 후쿠부쿠로 이벤트를 실시하고 있었습니다.

1/1, 1/2일 일본으로 여행 오시는 분이라면 평소에 관심 있었던 브랜드의 후쿠부쿠로를 사면서 새해를 시작하는 것도 즐거운 추억이 되지 않을까 생각합니다. 처음에 후쿠부쿠로를 일본어학교 선생님을 통해서 알게 되었는데, 쇼핑을 좋아하는 저는 후쿠부쿠로라는 말에 눈이 번쩍 뜨였습니다.

평소 쇼핑과는 거리가 먼 남편에게 나만의 스타일로 꾸며주는 것을 즐기곤 했습니다. 옷에는 별로 관심이 없지만 특정 브랜드를 좋아하는 남편을 위해 신년도 다가오니 선물을 하면 좋겠다는 생각에 후쿠부쿠로를 검색하던 중 폴스미스 후쿠부쿠로가 눈에 들어왔습니다. '오~~, 이거다!' 라며 폴스미스도 후쿠부쿠로를 판매한다고 말해주자 남편도 눈이 반짝였습니다. 인터넷에 찾아본 바에 따르면 5만 엔 정도의 후쿠부쿠로 속에는 자켓, 바지, 셔츠 등등 정가 8~9만 엔 이상의 상품이 들어 있다는 정보였습니다!!

반짝거리는 눈으로 남편에게 설명하자 사러 가자며 좋아하였습니다. 덤으로 전 제가 찜해둔 후쿠부쿠로를 당당하게 살 수 있다는 사실…. 절반은 이것이 목적이었지만 남편은 6년이 지난 지금까지도 눈치를 못 챈 것 같습니다.

검색을 해보니 폴스미스는 워낙에 인기가 많아 일찍부터 줄을 선다는 정보를 입수하였습니다. 지하철 첫 차 시간을 알아보니 5시경이라 늦다는 판단이 들어 전날 막차를 타고 신주쿠 이세탄 백화점에서 기다리자며 남편과 결의를 다졌습니다. 그날은 유난히 추워 히트텍, 목도리 등으로 중무장을 하고 이세탄 백화점 근처 지하도에 앉아서 기다리다 개장시간이 다가오면서 백화점으로 이동하여 줄을 서서 기다렸습니다. 지하도에선 우리뿐만 아니라 일본인, 중국인 등 정말 생각보다 많은 사람들이 대기하고 있었어요. 개장시간이 점점 다가옴에 따라 왠지 모를 긴장감이 백화점 문 앞을 채웠습니다.

10시 10분 전, 사람들이 하나 둘 자리에서 일어나 본인들의 자리를 정리하기 시작했습니다. 5분 전, 4분 전…… 1분전…… 백화점 직원이 문 앞으로 다가왔습니다. 철컥하는 소리와 함께 백화점문이 개방되는 순

간, 누가 일본사람들은 질서를 잘 지킨다고 했던가요? 문이 열리는 순
간, "다다다닥" 한 명이 뛰기 시작하자 그 많은 사람들의 달리기가 시작
되는 것 아닙니까? 우리 부부도 살벌한 눈빛으로 에스컬레이터를 향해
달렸습니다. 그때 우리의 목표는 6층이었습니다. 에스컬레이터를 뛰어
서 질주하며 다들 자기가 원하는 브랜드 점포를 향해 달렸습니다.

그런데 웬걸, 폴스미스 줄은 반대쪽이어서 우리 둘 다 아예 들어가 보
지도 못하고 실패하여, 같이 우울해 하면서 밥을 먹었던 기억이 있습니
다. 심지어 그 때가 이른 아침이라 가게 문을 연 곳도 없어서 같이 규동
을 먹고 신주쿠 파라다이스 매장에 가서 강아지 후쿠부쿠로 옷을 사
고 만족했던 슬픈 기억이 있습니다.

신주쿠 이세탄 백화점에는 이세탄 맨즈, 이세탄 우먼이 따로 있는데 외
국인이었던 저희들은 그것을 인지하지 못하고 이세탄 우먼 줄에서 새
벽5시부터 기다리다 들어가는 입구가 달라서 하나도 건지지 못했습니
다. 그래도 내복 2개 껴입고, 먹을 거 바리바리 싸들고 새벽에 서로 이
야기 하면서 기다렸던 기억이 이제는 웃으며 이야기살 수 있는 추억이
되었습니다. 우리는 그 다음부터는 기다리지 않아도 살 수 있는 실용적
인 후쿠부쿠로를 선택했습니다. 예를 들어 강아지 옷 후쿠부쿠로나, 칼
디라는 커피 브랜드의 후쿠부쿠로를 구입했습니다.

스타벅스 후쿠부쿠로 사건

특히나 인기 있는 스타벅스 후쿠부쿠로는 옥션으로 되파는 경우도 있어요. 스타벅스 후쿠부쿠로는 내용물이 일본이 세계1위라고 하는데요. 2016년, 도쿄에서 한 사람이 스타벅스 후쿠부쿠로를 108개를 사서, 그걸 옥션으로 되판 것이 일본에서는 어마어마한 사회적 문제가 되어서 스타벅스 후쿠부쿠로는 2017년부터 메일로 먼저 신청하고 추첨하는 형식으로 바뀌었답니다.

이 사건에서 사람들이 분노했던 이유는 줄서서 기다린 것도 아니고, 기다리고 있는 줄 맨 앞에 의자를 두어 본인들은 차에서 기다렸는데, 후쿠부쿠로 판매를 시작하자 잽싸게 가게의 108개의 물건을 사서 되팔았기 때문에 많은 이들의 공분을 샀던 것이었습니다.

실제로 그 당시 스타벅스에서 기다렸던 한 사람의 트위터에는 "너무했다. 날씨도 추웠는데 저 사람들은 의자만 놓고 줄도 서지 않고 총 108개를 사재기했다. 용서할 수 없다." 라는 글이 올라왔습니다. 그 한사람 때문에 큰 문제가 되어서, 2017년도부터는 선착순이 아닌 추첨제로 바꾸게 되었습니다.

일본의 할로윈

할로윈데이에 시부야를 꼭 방문해야하는 이유

한국에서는 생소한 할로윈 데이이지만 일본은 할로윈 코스프레, 할로윈 행사, 할로윈 장식 등을 화려하게 합니다. 실제로 10/31일이 할로윈데이 인데요, 10/31일 2-3일 전부터 코스프레를 하고 다닐 정도로 할로윈 사랑은 뜨겁습니다.

일본 도쿄에서 가장 유명한 할로윈 코스프레 장소는 '시부야'입니다. 할로윈 날에 시부야 하치코 동상 쪽으로 오면 그 열기는 정말 대단합니다. 코스프레 하는 것도 정말 섬세합니다. 우리는 2017년, 2018년 코스프레 하지 않은 채 두 번 갔었는데, 시부야에 있었던 사람들의 절반 이상이 코스프레를 하고 있었습니다. 다들 너무 화려해서 고양이 머리띠를 한 제 자신이 부끄러워서 얼른 벗었어요. 심지어 기저귀만 차고 있는 남자애가 있어서 엄청 놀랐던 기억이 있습니다.

일본의 할로윈데이 코스프레가 워낙에 유명하기 때문에, 할로윈에 맞춰서 일본 할로윈을 만끽하기 위한 관광객들도 있습니다. 10월 31일에 맞춰 시부야를 방문한다면, 일본 사람들이 얼마나 할로윈에 빠져 있는지 알 수 있습니다. 심지어 일본의 100엔샵, 돈키호테에 가면 8월 말부터 할로윈 장식이 되어있는 풍경을 볼 수 있습니다.

한국에서는 할로윈데이 때 한참 할리퀸이 유행했었는데, 친구한테 기회가 된다면 한국에서 유행하는 할리퀸으로 코스프레 하고 싶다고 하자, 사진을 보여줬음에도 아는 친구가 없었습니다. 다만 최근에(2020년 8월 기준) 야후 재팬 사이트에서 할로윈 복장을 검색해보니 할리퀸 옷이 인기 순위에 올라가있습니다.

일본도 유행하는 코스프레가 있습니다. 특히 단체로 코스프레 했을 때 많이 보는 것은 '윌리를 찾아라' 의상입니다. 인기있는 코스프레는 마리오나 동물 인형 옷, 디즈니 공주, 섹시복장, 고양이, 강시, 레오파드, 앨리스 등이 있습니다. 제가 갔을 때 남자들은 베트맨, 슈퍼맨, 미니언즈, 여자복장 등을 많이 했었고 그 당시에는 영화 '데드풀'이 상영중에 있어서, 데드풀 복장을 한 남성분들도 많이 볼 수 있었습니다.
일본도 시기에 따라서 할로윈 복장이 바뀌는 것을 알 수 있었습니다. 한국과 다른 분위기를 느끼고 싶다면 할로윈데이 시즌에 시부야, 디즈니랜드 등 젊은 사람들이 모이는 곳을 추천합니다.

일본살이 생존기

일본에 살면서 힘들었던 점

1) 융통성 제로 정말 느린 행정문화

관공서 시스템의 수준은 정말 일본이 선진국인가 하는 생각이 듭니다. 아날로그식 일 처리와 시간 때문인데, 휴대폰을 개통하는 데 반나절이나 걸립니다. 외국인 비자를 신청하러 입국관리국에 가면 4시간 기다리는 건 기본이고, 2주에서 한 달 후 비자가 나오면 다시 입국관리국에 가서 기다려야 합니다.

저의 사례 1. 2018년 11월경에 일본의 UFJ라는 은행에서 돈을 뽑으려고 ATM기를 이용하는데, 체크카드 비밀번호를 3번 틀리고 말았습니다. 은행에서 체크카드 비밀번호를 변경하려고 창구에 갔는데 체크카드를 재발급해야 하고, 체크카드로 돈을 뽑으려면 7일 정도 기다려야 했습니다.

또 신용카드 계좌등록 때문에 은행에 방문했는데, 은행에 등록한 인감을 잃어버려서 인감을 변경하고 주소를 변경하는데 그

과정이 10일이나 걸린다고 해 기다리고 등록했습니다. 인감만이면 바로 변경해주는데 인감과 주소가 같이 변경되는 경우에는 그럴 수 없다고 합니다. 그리고 지방은행 같은 경우에는 인감변경을 하려면, 계좌를 만든 지점에서만 가능합니다.

참고로 한국에서는 비밀번호를 틀려서 은행에 방문해 비밀번호를 변경하면 5분도 안 걸리고, 신용카드 계좌 등록을 할 때 인감이 필요하지 않습니다.

저의 사례 2. 휴대폰을 개통하는 데 반나절이나 걸립니다. 휴대폰 번호이동(기기변경)을 하는데도 2시간은 기본으로 걸립니다. 무엇을 해도 시간이 오래 걸리는 나라입니다. 또한 통장을 개설하려면 6개월 이상 거주해야 가능하고, 우체국 통장인 경우에는 6개월 이상 거주했다고 해도 중간에 한번이라도 귀국했다면 이체할 수 없습니다.

저의 사례 3. 후생연금 환급을 신청하는데(후생연금이란 직장생활 하면서 낸 연금을 뜻한다.) 환급을 2019년 1월 2일에 EMS를 통해서 신청했는데 2019년 12월 중순에 입금되었다고 연락이 왔습니다. 한국에서는 실업급여 등을 돌려받을 때 한 달을 안 넘기지 않나요? 이에 비해 일본에서는 일 년이 걸렸습니다. 또한 그뿐만 아니라 후생연금을 환급 받을 때 외국인들은 세금 20%를 추가로 돌려받을 수 있는데 그 세금을 1년 반이 지난 2020년 7월 현재까지도 돌려받지 못하고 있습니다. 일본생활을 하려면 많은 인내심이 필요합니다.

2) 꼼꼼하다고 하지만 완벽하진 않음

꼼꼼함이 좋을 때도 있고 안 좋을 때도 있습니다. 예를 들어 '후지큐 하이랜드'라는 유원지에 갔을 때, 기네스북에 올라간 무서운 놀이기구를 타는데 2~3번씩 꼼꼼하게 체크하니까 좀 더 안심이 되었습니다. 고객한테 거스름돈을 줄 때도 그냥 주는 것이 아니라 잔돈을 손님에게 확인시켜주면서 주는 습관 등은 좋은 꼼꼼함인 것 같습니다. 다만, 관공서에 갔을 때 2~3번씩 확인하지만 그들도 사람이기 때문에, 실수하는 일이 있었습니다. 업무처리가 항상 길어서 좀 더 처리과정을 짧게 하고, 빠르게 처리할 수 없을까라는 생각을 하곤 했습니다.

3) 무슨 생각 하는지 잘 모르겠음

일본인 특성상 잘 거절을 안 하니까 진짜 좋아서 거절을 안 하는 건지, 싫은데도 불구하고 거절을 안 하는 건지는 잘 모르겠습니다. 일단 거절하는 것에 대해서 부담스럽게 생각하니까 무슨 생각하는지 잘 모르겠습니다.

4) 장 볼 때마다 원산지를 확인함

저는 일본 지진 이후에 일본에서 거주했는데 아무래도 원산지가 신경 쓰였습니다. 장을 볼 때마다 방사능 발생 지역인 후쿠시마와 그 근처인 이바라키, 이와테, 군마 등 그 지역의 이름(한자명)도 외워서 피했습니다. 하지만 제가 거주한 지역은 도쿄라서 아무래도 장을 보면 야채, 과일 생산지가 그쪽 지역이 많았습니다. 그리고 간과했던 점이 있어요. 저는 식재료만 생각했는데 제가 1년 동안 마신 우유, 제가 좋아했던 젤리 제조공장도 후쿠시마였습니다. 모든 것을 꼼꼼하게 보는 것이 중요합니다. 식재료뿐만 아니라 우유, 과자 등도 원산지를 살펴보아야 합니다. 하지만 이런 것들을 계속 신경쓰다보니 장을 볼 때마다 긴장되고 피곤합니다.

5) 외국인이라서 차별당하는 점, 용서받는 점(장점이자 단점)

외국인이라서 보이지 않는 차별, 대놓고 차별 당하는 때도 있지만, 외국인이기 때문에 다른 일본인에 비해서 좀 더 엄격히 대하지 않았다는 점이 장점이자 단점입니다. 차별은 당했지만, 회사에서 일을 하거나 할 때 모르는 것이 많았는데 그런 점들은 외국인이라서 많이 이해해주어서 좋았습니다. 하지만 외국인이라서 이방인 같다는 느낌이 들고, 외국인이기 때문에 그들만의 문화를 이해 못하는 경우가 많습니다. 일본인들이 70년대, 80년대, 90년대의 추억을 되새기면서 행복해할 때 외국인인 저는 느끼지 못하는 것 같은 경우 말입니다.

6) 한국 식재료 구하기가 힘듦(한국 음식을 못 먹는다는 점)

한국 김밥을 사려면 기본 500엔에서 1,200엔까지 해요. 한국에서는 간단하고 쉽게 구할 수 있는 재료나 음식이 일본에서는 한인타운에 가야만 구할 수 있고, 가끔 아시아 식재료 등을 파는 곳에 가야만 구할 수 있습니다. 청양고추, 애호박 등은 일본의 일반 슈퍼에서 구할 수가 없습니다. 그리고 김치 같은 경우도 일본 슈퍼에서 판매되는 일본 김치는 일본인 입맛에 맞췄기 때문에 단맛이 강해 한국인 입맛에는 맞지 않습니다.

일본에 살면서 좋았던 점

1) 기본적으로 디저트가 맛있음

일본의 디저트는 유명해서 한국, 대만, 동남아시이 등에서도 디저트를 배우기 위해서 일본으로 유학 오는 학생들이 많았습니다. 실제로 디저트가 굉장히 맛있습니다. 특히 일본에서는 특히 빵 종류는 다 맛있고 케이크와 팬케이크 종류가 유명합니다.

2) 깨끗한 거리

정말 번화가가 아닌 이상은 어딜 가든 깨끗합니다. 예를 들어, 일본에서 날라리처럼 보이는 사람도 담배꽁초를 길거리에 버리지 않고, 개인 재떨이를 가지고 다니면서 모아두었다가 버리곤 합니다. 길거리에 담배꽁초를 버리지 않고 흡연자 개개인이 개인전용 재떨이를 가지고 다니는 것이 신기했습니다.

3) 사생활 존중. 오지랖이 없습니다.

상대방이 상처받을까봐 지적하는 말을 잘 하지 않습니다. 그리고 참견을 안 합니다. 지적을 하더라도 상처받지 않게 순화해서 말합니다. 예를 들어 살찐 사람에게 살쪘으니 다이어트 하라는 말을 하지 않고, 머리가 하얗다고 해서 염색 좀 하라는 말을 타인에게 잘 하지 않습니다.

4) 기다려주는 문화

예를 들어 아르바이트의 경우에 좀 늦게 배워도 기다려주는 문화입니다. 사람에 따라 일이 빠른 사람이 있고 일이 늦는 사람이 있다고 생각하여 일을 좀 천천히 배워도 기다려주는 문화입니다.

5) 화장실이 공짜고 편의점마다 있다는 점. 휴지가 항상 있음.

대부분의 편의점에 화장실이 있기 때문에 어디든 화장실이 있고, 깨끗하며 휴지가 늘 구비되어 있습니다. 유럽 여행을 갔을 때 화장실이 너무 가고 싶었으나, 맥도날드 화장실도 비밀번호가 걸려있어서 눈물이 난 적이 있습니다. 다른 나라 여행을 다녀볼수록 일본 화장실은 편리하다는 것을 느낍니다.

6) 발달된 서비스 문화

서비스 문화가 발달해서 물건을 살 때 친절하다고 느끼고, 비가 오는 날에는 쇼핑백에 비닐 포장을 한 번 더 해주는 스윗함, 고객을 생각하는 친절함이 있습니다. 기계적인 친절이라고 해도 정말 대접받고 있다고 느껴지게 합니다. 호텔의 경우 비즈니스호텔이라도 프런트 직원이 최선을 다해서 고객을 응대합니다.

7) 정직성

저는 지갑을 3번 정도 잃어버렸는데 모두 파출소에서 찾았습니다. 3번 중 한번은 지갑에 5만 엔(한화로 50만 원) 정도가 있었는데 그대로 돌려받았습니다. 또한 하네다 공항에서도 최신 아이폰을 잃어버렸는데 분실센터에 맡겨져 있었습니다. 일본은 타국보다 물건을 잃어버렸을 때 찾을 확률이 높은 나라입니다.

8) 자동차 경적소리가 잘 안 들리고 보행자에게 잘 양보해줌

말 그대로 자동차 경적소리가 잘 들리지 않으며 보행자가 우선인 문화입니다. 도쿄에서 6년을 거주하는 동안 경적소리를 들은 기억이 없습니다.

9) 음식물쓰레기를 따로 분리하지 않고 일반 쓰레기랑 같이 버림

음식물 쓰레기를 따로 분리하지 않기 때문에 음식물쓰레기를 버리는 스트레스는 없습니다. 물론 환경에는 좋지 않다고 생각합니다.

10) 과장 광고를 안 함. 메뉴판 사진과 음식이 똑같음.

메뉴판 사진과 음식이 다르면 항의를 받기 때문에 음식이 사진과 똑같이 나옵니다. 먹거리를 가지고 장난치지 않고 과장 광고를 하지 않습니다. 먹거리에 대해서 장난을 치면, 신용을 잃고 매출에 직격탄을 입기 때문에 조심하는 부분입니다. 예를 들어 2014년 7월에 일어난 중국의 식품가공공장에서 발각된 유통기한 지난 닭고기 사건은 일본 맥도날드 매출에 직격탄을 날렸습니다. 곰팡이가 필 정도로 오래된 닭고기를 일본의 맥도날드 치킨 너겟에 그대로 사용한 것에 대한 소비자들의 불만이 커 일본 맥도날드의 매출은 20% 이상 떨어졌습니다. 곰팡이 닭고기 사건에 대해 소비자들에게 제대로 사과하지도 않아 일본 소비자들은 맥도날드를 외면하기 시작했습니다.

11) 한국이 가까워서 언제든 갈 수 있음

제일 중요한 건 타국에 비해서 한국이 가까워, 국내에 사는 것만큼 가깝지는 않지만, 원한다면 언제든지 갈 수 있다는 것이 좋았습니다.

12) 나이 상관없이 친구가 될 수 있어서 좋았음

일본은 언니, 오빠 이런 호칭을 가족 외에는 사용하지 않기 때문에 이름을 부르는 경우가 많습니다. 그러다 보니 자연스럽게 나이에 상관없이 친구가 될 수 있습니다. 저 같은 경우에는 친구의 범위가 70대 할아버지, 60대 할머니, 40대 친구, 20대 친구 등 다양한 나이의 친구를 사귈 수 있었고 아직도 연락하면서 조언을 받고 있습니다. 일본생활의 장점입니다.

집 구하기

일본에서는 한국과 다르게 전세가 없습니다. 제가 알고 있기로
는 전세 개념은 전 세계 통틀어 한국에만 있다고 합니다. 일본에
서는 보통, 집이 자가이거나 월세인데요. 한국하고 다른 점이 있다
면 집을 샀을 경우 집값이 오를 일이 없습니다. 그래서 집을 사는
것으로 투자하는 사람들이 없습니다. 집을 사면 오르는 일은 거
의 없고 대부분 떨어진다고 해요. 그래서 보통 사람들은 집을 사
지 않습니다. 1980년대 버블의 영향이라고 생각됩니다.

일본 사람들은 자기의 월급의 1/3 정도를 집세로 내는 것이 적
당하다고 생각합니다. 예를 들어 월급이 300만 원 정도라면 100
만 원은 집세로 냅니다.

도쿄의 집세는 정말 비쌉니다. 1인 기준 7만 엔(70만 원) 이상 생각
해야 할 수준인데요. 도쿄 외 지역은 그나마 저렴하다고 합니다.

일본에서는 이사를 많이 하면 이사 빈곤(힛고시빈보, 引っ越し貧乏)

라는 말이 있을 정도로 이사하는 비용이 꽤 많이 듭니다. 그리고 집을 처음 계약할 때 집세 이외의 보증금(시키킹, 敷金)과 집주인께 드리는 예의금(레이킹, 礼金)이 필요합니다.

시키킹(보증금)은 집을 나갈 때 청소비를 제외한 금액을 돌려받기도 해요. 하지만 100% 돌려받지 못하는 경우가 많아요. 보통 한 달 집세를 냅니다. 하지만 레이킹은 집주인께 드리는 감사사례금으로 돌려받지 못하는 돈입니다. 레이킹도 한 달 집세 정도의 금액을 냅니다. 또 부동산 수수료를 내야 하는데요. 그것도 한 달 집세를 내야 합니다.

집을 구할 때는

시키킹(한 달 집세)+레이킹(한 달 집세)+부동산 수수료(한 달 집세)+ 이사비용(10만 엔)

월세 10만 엔 집에 거주한다고 할 때 40만 엔~50만 엔 정도가 더 든다고 보시면 됩니다. (주관적인 의견이므로 다를 수도 있습니다.)

한번 이사 갈 때마다 큰 비용이 들기 때문에 이사를 많이 다니면 이사 빈곤이라는 말이 있을 정도로 큰돈이 듭니다. 저는 이사를 많이 해서 쓸데없는 돈을 너무 많이 썼습니다. 6년 동안 5번 이사하면서 거의 2천만 원에 가까운 돈을 이사 비용으로 썼는데요. 지금 생각하면 피눈물 납니다.

평균 한 달에 100만 원 짜리 집에서 살았는데, 집 크기가 10평도 안 되었어요. 집이 정말 작으니 한국에서 오실 때 가구는 다 버리고 오세요. 안 들어갑니다. 그리고 가전제품도 한국 가전제품이 220V인데, 일본 가전제품은 110V라 전압이 맞지 않아 고장이 납니다. 가전제품, 가구 등은 일본에서 구입하시는 것을 추천해드립니다. 짧은 유학 생활하실 예정이신 분들은, 중고로 구입하는 것도 하나의 방법입니다.

일본에는 아파트가 거의 없고, 지진 때문에 층이 낮은 맨션들이 많습니다. 일본에서 빌릴 때 가장 고가는 맨션이고 그다음이 아파트입니다.

돈이 있다고 해서 다 집을 구할 수 있는 것은 아니에요. 통장에 돈이 얼마 들어있는지 잔고증명서를 제출해야 하는 곳도 있었고 외국인을 싫어하는 집주인이면 구할 수 없는 경우가 많습니다.

외국인이 많이 사는 신주쿠(도심)의 경우는 그나마 집을 구하기 수월한데, 외국인이 적은 곳일수록 집구하기는 힘듭니다. 한 논문에 따르면 일본에서 집을 구할 때 집주인들이 외국인에게 거부감을 가지는 비율은 30%라고 하네요. (그 외 장애인 약 30%, 고령자 약 30% 등)

외국인에 대한 거부감의 이유는

1. 언제 자국으로 돌아갈지 몰라서.

(2011년 동일본 대지진의 영향으로 대부분의 외국인이 자기 나라로 돌아가면서 그때 당시 집주인들이 청소하느라 매우 힘들었다고 합니다.)

2. 월세 지불에 대한 불안감.

3. 쓰레기 버릴 때 분류에 대한 걱정.

4. 언어에 대한 문제.

등등 여러 가지 이유가 있는데 수입이 없는 외국인이 일본에서 집을 구하는 것은 너무 힘들답니다. 저 역시도 수입이 없던 유학생 신분이어서 그런지 퇴짜도 많이 맞았어요.

혹시라도 일본인 보증인이 있다면 집을 구할 수 있는 경우가 있는데 일본인 보증인을 구하는 것도 보통 일이 아닙니다. 그리고 보증인이 되면 혹시라도 미지불한 집세를 대신 내야 하는 경우가 발생하기도 해서 부탁하기 어렵습니다. 처음에 살았던 집주인과 친하게 지내서 저희에게 편지로 필요한 일이 있다면 집도 보증을 서주시겠다고 몇 번이나 말씀하셨습니다. 저는 그게 진심이라고 생각해서 이사할 때 보증을 서달라고 부탁하니 갑자기 이런저런 핑계를 대시면서 거절했습니다. 생각해보니 생판 모르는 사람에게 보증을 서준다는 것 자체가 무리였던 것 같습니다.

타지에서 좋은 집을 구하는 것도 힘든 일일 테지만 좋은 집을 위해서는 여러 집을 보는 것, 발품 파는 일을 꼭 해야 됩니다. 타국에서 생활하는 데에 있어 집구하기는 제일 힘들면서도 제일 중요한 일이니까요. 집을 구하시는 독자분들도 꼭 좋은 집을 구하시길 바랍니다.

*일본어를 전혀 못 하시는 분들은 한국인 사장이 운영하는 한국인을 위한 부동산도 있으니 찾아보시길 바랍니다. 한국 사이트에서 찾아보는 방법도 있습니다. 단, 일본인이 운영하는 부동산에 비해서 집의 물량이 적을 확률도 있으니 조심해주세요. (가격이 비싸고, 집이 좋지 않은 경우가 간혹 있습니다.)

*참고

일본의 100엔 샵은 질이 좋은 다양한 물건들이 판매되고 있습니다. 가구를 산 후 잡다한 것들은 100엔 샵으로 꾸며도 튼튼하고 좋습니다. 예를 들어 욕조 바구니, 혀 클리너, 빨래망, 건조하는 빨래집게(24입, 36개입) 등등 꽤 질이 좋고 저렴하니 이사하시고 부족한 물건은 100엔샵인 다이소, 100엔샵, 세리아 등에서 쇼핑하는 것을 추천해드립니다. 구매 후 몇 년 동안 썼던 기억이 있을 정도로 품질이 좋았습니다. 물론 전부다 좋은 것은 아닙니다.

일본으로 입국할 때
꼭 사서 가지고 가야 할 물건 추천

한국에서 이불, 수건을 사 오는 것이 좋습니다. 이불은 가격 대비 한국 이불이 좋고 종류도 다양하며 품질이 뛰어납니다. 일본 이불은 비싼 건 너무 비싸고 한국 이불 정도의 질을 가진 이불을 사려면 돈을 몇 배는 더 주고 사야 하므로, 한국에서 사서 선편으로 보내는 것을 추천합니다.

한국 속옷도 추천합니다. 일본 여성과 한국 여성의 체형이 다르기 때문에 저 같은 경우는 일본 속옷을 입는 것이 불편해서 일본생활 내내 한국 속옷을 입었습니다.

온수 매트 – 전기 110V으로 하는 상품, 전기담요, 난방 텐트
한국은 난방 상품이 잘되어 나옵니다. 일본 집은 매우 춥기 때문에 한국 난방상품을 가지고 오는 것을 추천합니다. 일본 전기담요를 사용해봤지만, 한국 전기담요에 비해서 따뜻하진 않았습니다.

* 한국은 일본에 비해 겨울이 매우 춥지만, 온돌문화로 집이 매우 따뜻합니다. 일본은 지진의 영향으로 집 바닥이 대부분 마루로 되어있고 창문도 2중창이 아니어서 상당히 춥습니다.

한국책 – 일본에서는 한국 책을 구하기가 어렵습니다. 학교 과제나 꼭 필요하다 싶은 책들은 미리미리 주문해서 가지고 오는 것을 추천합니다. 그리고 지금 제 책도 챙겨주신다면 도움되지 않을까요?

고무장갑 – 한국 고무장갑이 일본 제품보다 튼튼하고 구멍이 안 납니다.

각종 상비약 – 일본 약국에서 상비약을 사려면 꽤 비쌉니다. 감기에 걸려서 약국에서 약을 샀는데 기본이 800엔부터 시작합니다.

한국화장품 – 일본 색조 화장품들은 한국 색조 화장품과 다르게 좀 더 매트합니다. 물광 느낌을 좋아하시는 분들이라면 한국 화장품을 챙겨가시길 바랍니다. 예를 들어 쿠션파우더 등

휴대폰 케이스 – 일본보다 한국이 훨씬 저렴하고 디자인이 다양합니다.

휴대폰 – 한국에서 본인 명의 휴대폰을 가지고 오는 것도 중요합니다. 알뜰폰을 이용하면 저렴한 가격에 이용할 수 있어요. 외국에 살면서 가장 불편했던 점이 공인인증서와 휴대폰 번호 인증이었어요. 현재 한국에서는 본인인증이 안 되면 아무것도 못하기 때문에 알뜰폰을 가지고 오시는 것을 강력 추천합니다. 저는 공인인증

서 비밀번호를 틀려서 1년 동안 아무것도 못 했습니다.

*아기 엄마라면, 아기 내복, 아기 옷의 경우 한국이 가격대비 질이 좋다고
합니다. 일본 친구에게 한국 아기 내복을 선물했더니 매우 기뻐했습니다.

한국과 다른 문화에서 생존기

일본에서 본 한국 이미지

(https://blog.pokke.in/korea-culture 발췌 + 저의 의견)

일본에 일본 특유의 문화가 있듯이 한국에도 한국 특유의 독특한 문화가 많이 존재합니다. 이번 기사에서는 한국의 문화나 습관에 대해서 소개하고 있습니다. 일본과 비교하면서 참고하세요.

* 한국의 문화, 특징, 습관 정리! 일본과의 차이점

흡연문화

한국에서는 일반적으로 여성들이 사람들 눈에 띄는 길거리나 공공흡연실 같은 곳에서는 담배를 피우지 않습니다. 또 남성이라도 부모나 상사 등 윗사람이나 연장자 앞에서는 담배를 피우는 분들이 거의 없습니다.

이는 한국 문화에 상하 관계와 예의를 존중하는 유교적 가르침이 뿌리 깊게 남아있기 때문이라고 볼 수 있습니다. 남성은 윗

사람 앞에서 흡연하는 경우에 상대방에게 보이지 않도록 등을 돌리고 여성이 흡연하는 경우에는 화장실이나 카페에 들어가 흡연합니다.

일본에서는 담배를 피우는데 있어서 윗사람이나 연장자 앞에서도 관계없이 피기 때문에 한국의 문화를 신기하게 생각하는 것 같아요.

교통문화에 대해

한국은 기본적으로 일본보다 자동차 속도가 빠릅니다. 한국의 교통문화를 소개할 때는 한국의 운전이 거칠다고 생각하는 사람들이 많았습니다. 일본인이 한국 관광을 할 때 놀라는 것은 택시를 탔을 때입니다. 급정거, 급출발, 끼어들기, 빠른 속도에 놀랐다고 여러 친구들이 이야기해줬습니다.

<일본의 도로교통법 제22조>
도로상에 설치된 표지판이나 표시에 쓰인 가장 빨리 달릴 수 있는 속도인 '최고속도', 그 외 표지판이나 표시가 없는 도로에서는 법령으로 정하는 최고속도인 '법정속도'를 넘어 달리면 안 됩니다. 법정속도는 일반 도로에서는 60km, 고속 주로에서는 100km로 되어있습니다. 도로교통법이 엄격해서 법정속도를 1km라도 초과하면 속도위반이 됩니다.
(다만 2017년 11월부터 일부 고속도로의 최고속도가 시험적으로 110km로 되어 있는 곳이 있습니다.)

일본과 한국에서 운전해 본 사람으로서 한국보다는 일본이 운전할 때 양보를 잘하고 좀 더 느긋하게 운전하는 경향이 있는 것 같습니다.

목욕문화에 대해

한국에서는 욕실에 욕조가 없는 집이 많기도 하고, 일반적으로 집에서는 욕조에 들어가지 않고, 주말에 목욕탕에 가는 사람이 많습니다.

그리고 목욕탕에서는 욕조에 잠기는 동안에도 수건 등 자신의 짐을 항상 놓아두고 자리 선점에 나서는 것이 기본 룰입니다.

일본에서는 사용할 때 그때그때 자리를 맡아둡니다.

또한, 목욕탕은 다른 사람의 시선 따위는 개의치 않고 각자 편안한 장소라는 암묵적인 공감대가 있는 듯해, 목욕탕에 음식을 들여오거나 수건으로 몸도 가리지 않고 당당하게 사우나에서 누워있는 등, 처음 한국 대중목욕탕에 가는 일본인은 일본 목욕탕과는 동떨어진 그 광경에 충격을 받는 사람도 많을 것입니다

일본에서는 목욕탕에 들어갈 때를 제외하고는 몸을 가립니다. 또한 때 미는 문화가 아니기 때문에 목욕탕에서 절대 때를 밀지 않습니다. 아주 가끔 목욕탕에서 때 미는 사람에게 몸을 맡겨서 때 미는 사람은 있어도 직접 미는 사람은 없습니다. 그리고 옷을 갈아입을 때도 바닥에 앉아서 바지를 벗거나, 옷을 갈아입지 않습

니다.

또 일본 남탕에서는 때 밀어주시는 분들이 여성이고, 대부분 중국인들입니다.

일본 사람들은 하루의 마무리를 목욕이라고 생각하는 사람이 많은데, 피곤을 푸는 목적으로 목욕을 합니다. 일본 생활 초반에는 저한테는 목욕하는 것이 오히려 피곤이 쌓이는 것이라고 생각해서 일본인한테 물어보니 목욕을 하면서 따뜻한 물에 들어가면 피곤이 풀린다고 생각하고 어렸을 때부터 매일 목욕하는 문화라고 합니다.

커플티, 커플 아이템이 많은 문화

멋을 부리는 사람이 많은 한국의 커플은 커플로 갖고 있는 것이 많습니다. 일본에서는 보통 데이트할 때 커플이 커플링 하는 것은 좀처럼 볼 수 없기 때문에 성격적인 차이를 알 수 있습니다. 결혼 또는 약혼을 하는 경우를 제외하고는 커플링을 잘 하지 않습니다. 길거리에서 커플티를 입은 커플도 좀처럼 만나볼 수 없습니다. 일본에서는 약지에 반지를 낀 사람에게 사람들에게 종종 결혼했냐고 물어거나 기혼자라고 생각합니다. 결혼을 하지 않으면 커플링을 대부분 하지 않습니다.

셀카가 많은 나라, 한국

케이스 바이 케이스지만, 일본에서는 한국보다 확실히 셀카 찍는 사람들이 적습니다. 한국인 친구랑 여행할 때는 사진을 좀 더 많이 찍습니다. 일본인 친구가 한국에서 사람들이 셀카 찍는 걸 보고 "사람들이 있는데 저렇게 포즈를 취하면서 셀카를 찍는구나!" 하면서 신기해했습니다.

* 한국의 음식문화에 대해

한국 상식! 불고기 문화에 대해

고기구이(야키니쿠, 焼肉)는 일본에서 쇠고기가 주류이지만, 한국에서 야키니쿠는 일반적으로 돼지고기를 구운 것이 메인이 됩니다. 고기를 먹을 때는 반드시 양상추 등의 채소로 고기를 싸서 먹습니다. 또 일본에서 야키니쿠라면 잘라져서 나오는데, 한국에서는 고기를 구우면서 자르는 것이 신기하다는 말을 들었습니다. 한국 하면 야키니쿠 이미지가 먼저 떠오른다는 친구들의 말을 종종 들었습니다.

가정에서 매년 직접 만드는 김장 문화

한국 가정에서는 입동 전후가 되면 일제히 김치를 만들어 먹는 세시풍속이 있는데 이것을 '김장'이라고 부릅니다. 겨울 동안에 먹을 김치를 한꺼번에 만들기 때문에 한 번에 상당한 양을 담급니다.

그래서 김장철이 되면 동네 슈퍼에는 김장용 무와 배추, 거기에 쓰는 고추 등의 양념이 많이 들어옵니다. 일본 사람들에게 가장 많이 듣는 질문 중의 하나가 정말 김치를 집에서 담가 먹느냐는 질문이었습니다.

생일, 산후에 먹는 미역국 문화

일본인의 발상으로는 조금 이해하기 어렵지만, 한국에서는 생일이나 여성의 산후에 미역국을 먹는 문화가 있습니다. 원래 미역국에는 산후 여성에게 필요한 영양이 풍부하게 포함되어 있기 때문에 산후 미역국을 먹는 것이 문화가 되었습니다.

그 영향으로 미역국은 어머니 애정의 상징이 되어 '자기를 낳아주신 어머께 감사하다'라는 의미를 담아 생일날 먹게 되었다고 합니다.

한국의 미역국은 소위 일본의 미역국과는 조금 다르게 쇠고기로 육수를 내고 마늘, 소금, 간장, 참기름으로 간을 한 미역을 넣습니다.

일본은 한국과 다르게 건조시킨 가다랑어 가쓰오부시를 먹어야 산모의 피를 보충하고 근력을 강화하는 데 도움이 된다고 생각합니다. 그리고 한국처럼 산후조리원을 이용하는 문화가 없어서 지자체에서 실시하는 산모 도우미 정도의 도움을 받습니다.

식사예절에 대해

한국에서는 식사에 있어서 특유의 매너가 많이 있습니다. 예를 들어, 국수를 후루룩 마시는 경우에도 소리를 내는 것은 매너 위반이 됩니다. 일본에서는 국수, 라면 등을 끊어먹으면, 수명이 짧아진다는 설이 있기 때문에 면을 먹을 때 중간에 씹지 않고 소리를 냅니다. 이런 것들이 다르게 느껴지는 것 같습니다. 그렇기 때문에 라면 등은 조심해서 먹어야 합니다.

◆ 술을 따를 때 일본에서는 한 손으로 병을 들고 다른 한 손은 병에 받치지만, 한국에서는 다른 한 손은 자신의 팔에 받쳐 술을 따릅니다. 어른과 술을 마실 때는 상대방의 시선을 피하고 눈에 띄지 않도록 몸이나 얼굴을 약간 옆으로 향하게 마시는 것이 매너입니다. 일본에서는 정면을 향하지 않으면 오히려 실례인 인상을 받습니다만, 한국에서는 이것이 철칙입니다.

◆ 밥을 입에 넣을 때 일본에서는 밥공기 등의 식기를 손에 들고 먹는 것이 매너이지만, 한국에서는 이것은 매너 위반입니다.

일본은 젓가락을 사용하는 문화이고 한국은 숟가락과 젓가락을 같이 사용하는 문화입니다. 그래서 일본은 밥을 먹을 때 식기를 손에 들고 젓가락으로 밥을 먹는 반면 한국은 보통 수저로 먹습니다. 일본인들은 숟가락을 사용하지 않기 때문에 국을 먹을 때도, 밥을 먹을 때도 식기를 들고 먹습니다. 일본에서 숟가락 사용은 오므라이스, 카레 등 정말로 숟가락이 필요할 경우만 사용하고, 숟가락은 보통 어린아이들이 많이 사용합니다. 그래서 일본 드라마를 볼 때 종종 일본인들이 일본식 된장국(味噌汁, 미소시루)을 먹을 때 식기를 들어서 후루룩 마시는 걸 볼 수 있습니다. 숟가락을 사용하지 않아서 나오는 문화 차이입니다.

* 한국의 커뮤니케이션 문화에 대해

한국에서의 악수

한국에서는 윗사람과 악수할 때 두 손으로 악수하지 않고, 악수하지 않는 왼손을 자신의 가슴에 대거나, 오른팔에 가볍게 댑니다. 일본과 한국의 문화 차이가 초면에서도 쉽게 드러나는 부분입니다.

한국의 만남 문화

한국의 젊은이들은 친구들로부터 이성을 소개받아 애인을 만

드는 경우가 많습니다. 이것을 소개팅이라고 합니다. 일본에서는 1:1로 만나는 소개팅보다는 단체로 만나는 미팅이 많습니다.

한국인과 일본인의 가치관 차이

한국인은 자신의 본심 등을 숨기고 사양하거나 하는 일본인의 성격과는 반대로, 자신의 의사를 상대에게 분명히 전합니다. 사교적인 말도 별로 하지 않고 싫어하는 사람과 무리하게 사귀지도 않습니다.

그리고 자기가 산 과자든 뭐든 사람과 공유하려고 합니다. 물론 그 반대로 다른 사람이 산 것도 나눠 먹으려고 생각하고 있기 때문에 일본인에게는 프라이버시가 침해되는 듯한 느낌이 드는 경우가 있을지도 모릅니다.

분명하고 개방적이며 서로 돕는 정신이 강한 것이 한국인의 특징입니다. 그래서 자신의 의사를 표현하지 않는 일본 여자들에 비해서 한국 여자들은 의사 표현이 강하고 똑 부러진다는 이미지가 강합니다.

한국에서의 친구란?

한국에서는 연공서열이나 상하 관계를 중시하는 유교의 영향으로 같은 연령대의 사람 이외에는 친구라고 부르지 않습니다. 나이가 다른 상대를 오빠나 언니, 남동생, 여동생이라고 부릅니다.

일본에서는 삼촌, 이모, 고모에게도 이름을 부릅니다. 심지어 할머니한테도 이름으로 부르는 경우도 있습니다. 대학원 교수님 이름이 나츠코였는데, 손자가 "나나짱."이라고 부른 걸 보고 놀랐습니다. 그리고 친구 아기의 삼촌 이름이 하루였는데, "하루짱"이라고 부른 걸 목격하고 신기하다고 생각했습니다.

또 하나의 예로 일본 영화에서 학생들이 선생님에게 이름을 부르면서 ~짱이라고 불러서 일본에서 중학교 선생님인 친구에게 물어보니, 실제로 이름으로 부르는 학생들도 있다고 합니다. 일본은 한국보다는 나이에 구애를 받지 않고 좀 더 수평적인 관계인 것 같습니다. 저는 일본에서 지금 제일 친하게 지내고 있는 친구가 40대 중반인데 언니라는 느낌보다는 소중한 '친구'라고 생각합니다. 예전에는 동갑만 친구라고 생각했는데 일본에 거주하면서 친구라는 개념이 나이가 중요하지 않다는 것을 알게 되었습니다.

* 한국의 문화에 대하여 [특별편]

라면을 뚜껑으로 먹는 것도

한국에서 유명한 신라면 CF에서 라면을 그릇에 담지 않고 냄비 뚜껑으로 먹는 장면이 방영될 정도로 한국에서는 냄비 뚜껑으로 라면을 먹는 것은 일반적입니다. 일본은 컵라면을 먹으면 뚜

껌을 닿을 수 있게 투명 스티커가 제공됩니다. 또 자일리톨처럼 통으로 파는 껌에는 씹던 껌을 버릴 수 있도록 종이가 같이 제공됩니다.

참고로, 생라면을 먹는 문화는 일본에서는 없어서, 일본인 남편과 결혼한 친구네 집에서 생라면을 먹고있으니 정말 신기하게 쳐다본 기억이 있습니다.

혼밥을 하는 사람이 적다

한국에서는 혼자서 밥을 먹는 사람이 적다고 합니다. 식사를 할 때는 누군가와 함께 갈 때가 많다고 합니다만 저는 원래 혼자서 먹는 걸 즐겨합니다. 일본에서 살 때 혼자 공원에서 도시락 먹기, 식당에서 밥 혼자 먹기, 심지어 혼자 고깃집에 가서 고기도 구워 먹고 여행지에 가서 뷔페도 혼자 먹었는데, 한국에서는 예전보다는 많이 좋아졌지만 여전히 혼자 먹는 걸 좋아하지 않는 사람들이 많은 것 같습니다. 그래도 유학 전보다는 혼자 먹는 사람들이 많아져서 놀랐습니다.

팔방미인은 칭찬

일본에서는 '누구에게나 좋게 보이려고 붙임성 있게 행동한다.'고 쓰이는 부정적인 말이 '팔방미인'이지만, 한국에서는 '모든 방면에서 재능이 있는 사람'이라는 의미로 사용됩니다. -> 추가로

애인이라는 단어는 한국에서는 연인이라는 의미이지만 일본에서는 불륜상대를 의미합니다.

한국의 배달문화, 공원에도 해 준다.

한국의 배달문화는 '종류가 풍부하다, 빠르다, 싸다'로 유명합니다. 식기를 반납할 때도 설거지를 할 필요가 없고, 제대로 주소를 전달하면 공원에도 배달해 준다고 합니다. 일본에서는 얼마 이상의 금액을 주문해야만 배달을 해주고, 배달이 실제로 그렇게 흔하지 않습니다.

한국에서 토마토는 과일フルーツ

한국에서 토마토는 과일로 인식되고 있습니다. 설탕을 뿌려 먹거나 케이크에 들어가 있거나 하는 등 일본과는 조금 차이가 있습니다. 일본에서 토마토는 채소입니다. 그리고 여담이지만 일본에서는 방울토마토 가격이 너무 비싸요.

헤엄을 못 치는 사람

한국에서는 수영을 배울 기회가 적고 학교에도 수영장이 없어서 수영을 못하는 사람이 많다고 합니다. 일본에서는 수영을 필수로 배우고 있습니다.

아침에 샴푸 하는 사람이 많다

한국에서는 아침에 일어나서 머리를 감는 사람이 많다고 합니다. 일본에서는 보통 저녁에 목욕을 하는데, 목욕을 하면서 머리를 감는 것이 보통이라고 합니다.

어르신에게 자리 양보

일본에서도 그렇지만, 한국에서도 전철이나 버스 등의 대중교통 시설에서 노인이 있으면 자리를 양보하는 습관이 있습니다. 일본에서는 배려석(노인석, 장애인석) 등에 앉아서 가다가 노인 또는 몸이 불편한 사람들이 있으면 그때 일어나서 양보하는 사람들도 많습니다.

빨간색으로 이름을 쓰는 것은 NG

일본에서는 빨간색으로 이름을 쓰면 재수 없어서 NG이지만 한국에서는 죽음으로 이어진다는 미신이 있어서 NG입니다.

택시, 학생도 자주 이용한다.

일본에서는 학생들이 택시를 이용하는 경우는 적을지도 모르지만 한국 학생들은 많이 사용합니다. 그러나 짧은 거리라면 태워주지 않거나 승차 거부를 당하는 경우가 자주 있다고 합니다. 일본에서는 기본요금 자체가 770엔(약 8,000원)이기 때문에 학생이 택시 타기에 부담스럽습니다. 일본에 살 때 회사원일 때도 택시는 부담스러웠습니다. 택시비가 아까워서, 전철이 끊기면 넷카페(우리 나라로 치면 PC방, 또는 24시간 영업하는 커피숍) 등에 잠시 쉬었다가 첫 차를 타고 움직이는 직장인, 대학생들이 대부분입니다.

친구 집에 갈 땐 간단한 선물로 화장지

친구 집에 놀러 갈 때는 간단한 선물로 화장지를 가지고 가는 습관이 있다고 합니다. 일본에서는 화장지를 가져가는 문화가 없 고 디저트를 가지고 갑니다.

일본에서 살면서 놀랐던 문화 차이 17가지

1) 화장실과 욕실이 따로 있는 집을 선호

일본에 살기 전 저는 화장실과 욕실이 같이 있으면 물청소가 더 쉽게 되어서 좋다고 생각했는데, 일본에서는 화장실은 더럽기 때문에 욕실과 함께 있을 수 없다고 생각하는 사람들이 많습니다. 화장실과 욕실이 함께 붙어있는 경우에도 완전히 오픈되어 있는 것이 아니라 중간에 칸막이가 있는 경우가 많습니다. 혹시라도 화장실과 욕실이 함께 있다면 그만큼 집세는 저렴해집니다. 화장실 청소 시에 화장실이 욕실과 같이 붙어 있지 않기 때문에, 화장실 바닥이나 벽을 화장실 청소 전용 물티슈로 청소합니다.

2) 두루마리 휴지는 오직 화장실용으로만

한국에서 가끔 식당에 가면 두루마리 휴지를 식탁에 올려서 식탁을 닦거나 얼굴 닦는 용도로 사용한 적 없으신가요? 저는 한국에서 입 주변을 닦을 때 사용한 적이 있는데요. 일본 사람들이 놀라서 오히려 제가 놀란 기억이 있어요. 일본에서는 두루마리 휴지는 오직 화장실에서 볼일 볼 때만 사용하고 보통 각티슈를 사용한다는 게 신기했어요. 그래서 두루마리 휴지는 토일렛 페이퍼라고 부릅니다. 즉 화장실용 휴지라는 것이죠.

(물론 한국에서도 각티슈랑 두루마리 휴지를 따로 사용하시는 분들이 많으시겠지만 저는 별 생각 없이 얼굴을 닦은 적도 있기 때문에 신기했어요.)

3) 매일 목욕하는 문화

한국에 있을 때 샤워는 매일 하더라도, 목욕을 하는 건 일주일에 1번 정도였어요. 저는 매일 목욕하는 게 오히려 피곤하다고 생각했는데 일본은 매일 목욕하는 문화입니다. 그렇기 때문에 일본은 목욕에 관한 용어도 참 많고 목욕 시설이 발달해 있다고 느꼈어요. 목욕을 해서 때를 민다기보다는 매일 아침 또는 저녁에 10분에서 30분 동안 따뜻한 물에 반신욕을 합니다. 그리고 물을 버리는 것이 아니라 가족들과 함께 사용해요. 일본 사람들은 목욕을 좋아하기 때문에 욕조의 물을 데워서 사용할 수가 있습니다. 저도 일본에 있을 때는 남편이 먼저 30분 들어가고 쓴 물을 데워서 제가 사용하곤 했어요.

4) 책을 많이 읽고, 책 표지를 가리는 문화

요즘엔 스마트폰을 이용하는 사람이 많아서 책 읽는 사람이 줄어든 것 같은데 일본에 처음 갔을 때 2013년도 당시에는 지하철에서 많은 사람들이 책을 읽는 모습이 놀라웠습니다. 나이 드신 어르신들이 만화책 읽는 것도 신기했고 책 표지를 가리고 책을 읽는 모습도 신기했던 기억이 납니다. 한가한 오후에 공원 근처에서 택시기사, 퀵 배달원, 택배 배달원들이 그늘에서 책을 보는 광경도 종종 볼 수 있었습니다.

다만 스마트폰의 발달로 확실히 최근에는 책보다는 핸드폰 하는 사람이 많아졌어요.

5) 선글라스보다는 양산

여성의 경우 젊은 사람들도 양산을 들고 다니는 걸 꽤 볼 수 있습니다. 한국에서 양산은 나이 든 여성들이 많이 들고 다니잖아요. 그에 비해, 일본에서는 남녀노소 상관없이 선글라스는 잘 사용하지 않아요. 친구들에게 개인적인 의견을 물어보니 선글라스를 착용하는 것이 눈에 띄고 부끄럽다고 하더군요. 그래서 백화점을 가보면 다양한 연령층을 겨냥한 다양한 디자인의 양산을 볼 수 있었습니다.

6) 커플, 동료들과 더치페이 문화

일본에 처음 왔을 때 놀이동산에서 500엔짜리 티켓을 각자 사는 것을 보고 남편이랑 "어머! 쟤네들은 커플 아닌가 봐!" 말했었는데 커플이었습니다. 그 당시에 저는 500엔 정도는 남자가 내야 한다는 생각이 깔려있었어요. 일본에서 생활해보니 커플들 사이에서도 더치페이가 일반적이었습니다. 그런데 일본도 이렇게 더치페이 문화가 발달한 것이 버블 시대가 끝난 1990년대부터라고 들었어요. 예전 어르신들은 남자가 내야 한다고 생각하는 분들도 있다고 하네요. 실제로 대학원 선배 남자들은 대부분 밥을 사줬어요. 커플들뿐만 아니라 친구들 사이에서도 10원까지 정확하게 나누는 친구들이 많습니다. 누가 밥을 사고 커피를 사는 문화라기보다는 밥도 더치페이, 커피도 더치페이를 하는데, 누군가가 돈을 더 많이 내는 것을 부담스럽게 생각해요. 누가 돈을 좀 더 많이 내면 신세 진다고 생각하는 것 같아요.

7) 거스름돈

거스름돈 줄 때 틀리지 않기 위해서 지폐를 세어주는 문화. 예를 들어 560엔짜리 물건을 사고 만 엔을 냈다면 9,440엔을 받아야 하겠죠. 한국의 경우는 어떠한가요? 잔돈을 그냥 주지 않나요? 일본에서는 한 장 한 장 같이 세어줍니다. 처음에는 느린 거 같아서 답답했는데 제가 일을 하고 보니, 일하고 거스름돈을 줄 때 계산이 틀릴 확률이 낮아져서 좋았어요. 일할 때는 좀 늦어도 꼼꼼하게 틀리지 않게 하려는 문화인 거 같아요.

8) 도시락문화

일본은 도시락 문화가 일반적입니다. 어른, 어린이 모두 도시락을 싸서 다니는 경우가 참 많아요! 어린이 도시락 같은 경우에는 캐릭터 벤(캐릭터 도시락)이라는 경쟁이 붙어서 예쁘게 도시락 싸는 엄마가 좋은 엄마가 되는 경우도 있는 것 같은데 엄마들이 너무 힘들 것 같아요. 저도 회사에 도시락을 싸서 다녔는데, 배우자가 싸주는 도시락을 보고 좋은 와이프인지 아닌지 평가하는 소리를 들었던 적이 있습니다.

9) 일본의 습한 날씨

정말 장마의 습함은… 친오빠도 일본에서 유학하고 현재 일본에서 거주 중인데요. 예전에 친오빠가 일본 반지하 집에 6개월 살았다가 옷의 지퍼가 다 고장 나고 피부질환인 건선에 걸렸습니다. 습해서요. 그리고 이건 제 개인적인 생각인데 날씨가 습하다 보니 여성들의 경우 물광 화장보다는 매트한 화장을 선호하는 거 같아요. 한국하고 확연하게 다른 화장법에는 날씨도 어느 정도 원인이 있는 것 같습니다.

10) 매일 장보고 요리하는 문화

한국처럼 만들어놓고 꺼내먹는 문화가 별로 없어요. 그래서 장을 볼 때도 이틀 치나 그날 저녁 찬거리 정도의 장을 봅니다. 다만, 태풍, 지진, 코로나19 같은 재해가 있을 때는 일본 사람들도 사재기를 합니다. 하지만 사재기를 해봤자 냉장고 자체가 작기 때문에 사재기를 해도 한국보다는 규모가 작습니다. 일본 사람들은 평상시에는 사재기를 하지 않지만, 자연재해가 터질 때마다 마트 물건이 텅텅 빌 정도로 사재기를 하기도 합니다. 매일매일 장을 보는 문화이기 때문에 대형마트는 거의 없고 동네슈퍼와 채소가게에서 장을 봅니다.

11) 안 사고 안 버리는 문화

잘 안 버리고 잘 안 사는 거 같아요. 웃자고 하는 말인데요. 면세점에서 일본인, 중국인, 한국인이 쇼핑을 하면 일단 중국인들은 왕창 산대요. 물어보지 않고 인터넷에서 자기가 찾아본 사진을 보여주고 "5개 주세요." 이런 식으로 주문한대요. 한국인들은 자기가 찾아보고 2개 정도 주문한대요. 일본인들은 향도 맡고, 다 발라보고 안 사거나 1개만 산다고 하는 소리가 있어요. 선물을 받으면 포장지도 다들 보관하더라고요. 친구들한테 물어보니, 선물한 사람의 마음을 소중하게 생각하고 싶대요. 그래서 거의 다 버리지 않습니다. 물론 사람마다 다르겠지만, 쇼핑할 때 신중하게 하는 경향이 있습니다.

12) 영화 엔딩크레디트가 전부 끝날 때까지 기다려주기

영화가 끝난 후 영화 엔딩크레디트가 전부 끝날 때까지 기다려줍니다. 처음에 저는 쿠키 영상이 있는 줄 착각했었는데 끝날 때까지 기다려주는 게 매너라고 생각한대요. 볼일이 급한 관객 일부를 제외하고는 다들 기다려줍니다. 그런데 이렇게 영화 엔딩크레디트가 끝날 때까지 기다려주는 문화가 생긴 지는 얼마 안 됐다고 했는데 저한테는 꽤나 신선한 경험이었어요. 기다렸다가 엔딩크레디트 다음에 재밌는 영상을 볼 수 있는 경우도 있고 기다리는 것도 꽤 좋았어요.

13) 남자, 여자 사용하는 단어가 다르다는 게 신기했어요

예를 들어 '나'를 지칭하는 단어에서도 남자의 경우 '오레(おれ), 보쿠(ぼく)'라는 단어를 사용하는데 여성의 경우 '아타시(あたし), 와타시(わたし)'라는 단어를 사용해요. '맛있다'는 단어에서도 남성의 경우 '우마이', 여성일 경우는 '오이시이'라고 말해요. 남편이 '와타시'라고 말할 때마다 일본 꼬맹이들이 쳐다봤는데 일본에 온 지 1년 후에나 왜 쳐다봤는지 알았어요. 동북지역에서는 할머니들이 보쿠라는 단어를 방언으로써 사용하는 경우를 제외하고는 남자, 여자가 사용하는 몇몇 단어가 달라요.

14) 지인의 집에 놀러 가면 화장실을 사용하지 않아요

이유는 모르겠어요. 웬만하면 참아요. 물어보니 웬만하면 가지 않으려고 한다고 했어요.

15) 한국보다 흡연에 관대한 문화

어른들이 아이 앞에서 담배 피우는 모습을 많이 봤어요. 유모차 옆에서 담배 피는 아기 엄마도 보고, 가게 안에서 아기 앞에서 담배를 피우는 경우도 많이 봤어요. 흡연자가 많기 때문인지 흡연에는 관대해요.

16) 마스크

일본사람들은 마스크 착용이 늘 생활화되어있습니다. 코로나 19 터지기 전부터요. '화분증'이라는 꽃가루알레르기가 그 이유인데요. 일본 사람들의 40% 이상이 화분증을 앓고 있습니다. 주로 봄, 가을에 많이 발생하는데, 봄에 보면 정말 많은 사람들이 마스크를 착용하는 것을 볼 수 있어요. 화분증이 아니더라도 일상생활에서 자주 사용하는 모습을 볼 수 있습니다. 저도 일본에 살 때는 감기 예방을 위해서 마스크를 늘 쓰고 다녔어요.

17) 겨울에는 집이 춥다

겨울에는 집 안이 춥습니다. 우리나라처럼 온돌문화가 아니기 때문에, 겨울이 되면 집이 정말 추워요. 2013년 3월 26일에 일본에 처음 도착했을 때 이삿짐이 도착하지 않아 이불 없이 이틀을 보냈는데, 창문도 이중창이 아니었고, 바닥에 불이 들어오지 않는 구조여서 밤새 추위에 떨었던 기억이 있습니다. 그래서 겨울에는 아침, 저녁으로 몸을 데우는 목적으로 목욕을 했습니다. 그리고 겨울에는 히터를 사용했습니다.

쉬어 가는 코너

일본의 비싼 커트비 때문에 부부싸움 한 이야기 / 미용실 예약 꿀팁

저는 결혼하자마자 일본에서 신혼생활을 시작했습니다. 2013년 3월에 결혼했는데 둘만의 오붓한 신혼생활을 즐기던 2013년 5월의 어느 날 처음으로 부부싸움을 하게 되었습니다.

사건의 발단은 일본의 비싼 커트비와 친구의 카톡으로부터 시작되었습니다. 일본에서 거주한지 2달 정도 지나자, 머리카락이 자라기 시작하는데 유학을 처음 시작할 때라, 절약을 하고 있었기 때문에 일본 커트비가 너무 비싸다는 걸 알고 있었기 때문에 머리 커트를 하지 못하고 있었답니다. 그때 당시 일본 커트비 평균비용이 5천엔 정도였습니다. (한화 5만원)

그래서 머리를 자르고 싶었던 중에 친구커플이 서로의 앞머리를 잘라준다는 카톡을 본 저는 사랑하는 커플이 서로의 머리를 잘라준다는게 너무나 로맨틱하게 느껴졌어요.

신랑에게 저는 "우리도 서로 앞머리 잘라주자! 너무 로맨틱한 것 같아." 라는 말 같지 않은 소리를 했습니다.

그러지 말았어야했습니다.

신랑은 강아지를 자가 미용한 경험이 있어서인지 그날은 왠지 모르게 자신감이 충만해있었습니다.

(강아지와 사람은 참 달랐어요…) 그러지 말았어야했습니다.

"그럼 나 네 머리 전체 잘라주고 싶어! 나 왠지 잘할 수 있을 것 같아!" 라며 신랑이 말하였습니다. 그때 뭐가 정신이 나간 저는 더욱더 로맨틱 하게 느껴져서

"자기라면 잘 자를 거 같아!! 잘 부탁해!" 라며 정말 쿨하게 제 머리를 믿고 맡겼습니다.

자르기전 제 머리와 자른 후 사진

정말 순식간에 남편이 윗머리부터 잘라버렸습니다! 그 이후 어떻게든 수습해 주려고 신랑이 옆에서 제 머리를 고데기로 만지고 있는 사진입니다.

처음엔 괜찮아지겠지라고 생각한 저는 점점 짧아지는 머리에 오열을 시작했고, 자신감에 충만했던 신랑은 저의 머리를 남자 머리로 만들어버렸어요. 결국엔 미용실을 가야만 했습니다. 미용실에서는 너무 창피하니까 술 먹고 친구랑 장난치다가 머리를 잘랐다고 했습니다. 미용사분이 수습하느라 1시간 동안 다듬어주셨습니다.

일주일 동안 머리를 보면서 오열을 한 저는 남편에게 욕을 하고 여성성을 잃은 기분이라며 일주일 내내 울었습니다. "오빠가 고추 잘렸다고 생각해봐!!!!!" 이러면서 울부짖었습니다. 머리를 자르고 일주일동안 울어서 눈이 부은 사진밖에 없습니다.

신랑은 그때 이렇게 너그러운 여자는 처음이라며 천사로 보였다고 해요. 그때 저는 이혼하고 싶었습니다. 그래도 머리카락이 점점 자라면서 그 스타일이 마음에 들어 일년 동안 숏커트를 하고 다녔어요. 살면서 다시는 도전할 수 없는 머리를 강제로(?) 한 것 같습니다. 첫 부부싸움이었지만 나름 해피엔딩으로 끝났어요. 그 다음부터는 로맨틱이고 나발이고 머리는 무조건 미용실 갑니다.

그 덕분에 그때 갔던 미용사분이랑 단골이 되어서 6년 동안 똑같은 미용실에서, 똑같은 미용사에게 남편이랑 같이 머리손질을 부탁했습니다.

하나의 저의 팁인데 'HOT PEPPER BEAUTY' 어플을 사용해서 처음으로 예약하는 경우에는 저렴하게 예약할 수 있으니, 일본 미용실을 예약할 때에는 'HOT PEPPER BEAUTY' 어플 이용하시는 걸 추천합니다.

일본의 작은 한국, 한인타운

JR야마노테센의 '신오쿠보역'이라는 곳입니다. 신주쿠역에서 한 정거장 떨어진 곳으로 굉장히 편리한 장소입니다.

신오쿠보는 야마노테센(일본 철도회사) 최초로 스크린도어가 설치된 곳입니다.

2001년 1월 26일 한국인 유학생 고 이수현씨, 카메라맨 고 세키네씨가 신오쿠보역에서 떨어진 승객을 구하고 돌아가신 사건으로 일본에 정말 큰 충격을 주었죠. 고 이수현 씨의 숭고한 죽음을 기려서 스크린도어 설치 운동이 일어났고 도쿄 전역에 조금씩 설치 중입니다. 일본에서는 지하철, 전철 운행을 사기업이 운영하고 있기 때문에 가격도 비싸고, 스크린 도어 설치가 아직 잘 되어있지 않아요.

지금도 이수현 씨가 돌아가신 날에는 추모하는 분들이 모여서 추모하고 이수현 씨를 위해서 기금을 모으고 있어요. 고 이수현

씨의 부모님들은 그 기금을 통해서 지금까지도 매년 유학생들에게 장학금을 주고 있어요. 멋있는 분들입니다. 일본에서는 외국인이 일본인을 위해서 목숨을 버리고 구한 사건이어서 굉장히 충격이었다고 하네요. 이분의 장학금을 받으면 그 자체가 정말 소중한 경험이 되고 한국인으로서 영광일 것 같아요. 저도 지원했다가 떨어진 경험이 있답니다.

신오쿠보는 한국 가게와 한국인들이 도쿄에서 가장 많은 곳입니다. 신오쿠보역에서 나오셔서 오른쪽으로 쭉 오시면 거의 한국 가게입니다. 맛있는 가게도 많고, 제일 한국 맛이 나는 음식도 많기 때문에 일본 거주할 때 2주에 한 번은 꼭 들렀습니다. 예전에는 한국 가게가 많았는데, 혐한 감정과 지진 등으로 한국인 유학생이 많이 줄면서 베트남, 필리핀 등 동남아시아인들의 증가로 동남아시아 가게가 많이 늘었습니다.

이곳에서 한국 식재료도 구할 수 있기 때문에 자주 들르는 곳 중 하나입니다.

예전보다는 사람이 줄었다고는 하지만 이곳은 일본 사람들도 많이 찾아와요. 한국음식을 먹으러 오는 사람도 있고 한국 옷, 한국 화장품이 좋아서도 많이 옵니다. 한국 화장품이 평이 좋기 때문에 가장 사람이 많은 곳은 역시 화장품 가게입니다.

요즘엔 일본에서 치즈닭갈비, 모짜렐라 치즈핫도그(명랑핫도그)가 유행이라 줄 서서 먹는답니다!! 정말 맛있었어요. 가격은 350엔에서 450엔 사이였어요. 슈퍼를 가도 치즈 닭갈비가 유행이라 냉동식품으로 만들어서 판매하고 있답니다. 김밥, 떡볶이, 잡채는 즉석에서 만들어서 판매하고 있는데 잡채는 인기가 너무 많아 품절되어 못 샀어요. 그리고 요즘에 일본 사이트에서 맛있다고 유명세를 탄 허니머스타드 소스! 한국 여행 시 꼭 사야 할 제품으로 소개되고 있어요!

한국인들이 게스트 하우스, 민박집도 많이 하고 있기 때문에 이곳을 관광지로도 추천하고 있어요. 한국인 관광객들도 많이 들르고, 일본에서도 한인타운으로서 인기 관광지입니다.

쉬어 가는 코너

반응이 최고였던 한국 선물

선물 고르기 어려워?! 6년 거주자의 강추 선물

유자차 포션 타입

저는 6년 동안 일본에 살면서 한국의 김, 약과, 맥심커피믹스, 과자, 한과 등 다 선물해봤는데, 가장 반응이 좋았던 선물로 치면, '꽃샘'이라는 브랜드에서 나왔던 꽃샘 꿀 유자차 포션 타입이 가장 인기가 많았어요. 일본인들은 유자차를 좋아하는데 유자차 유리병은 크고 무겁고 한번 개봉하면 끈적거리거나 번거로운데 포션 타입은 개별 포장이기 때문에 청결하고 간편해서 인기가 많았어요. 인기가 없었던 선물로는 떡, 떡케이크 등인데 식감 때문인지 먹기 불편하다는 의견이 많았어요. 과자를 선물해주려면 일본에도 있는 맛인지 아닌지 알아보고 선택하는 것도 하나의 스킬입니다.

한국의 스타벅스 굿즈

한국 스타벅스 굿즈는 특별하고 귀엽기 때문에 추천합니다.

제가 호텔에서 일했을 때, 스타벅스 덕후들이 2명이나 있어서 그 덕분에 저도 스타벅스를 자주 이용하게 되었답니다. 사실 스타벅스에 그렇게 관심이 있는 편은 아니어서 가끔 일본 스타벅스 한정 음료수를 마시거나, 봄이 되면 벚꽃 시즌에 텀블러를 사서 엄마에게 선물하는 정도였지, 스타벅스 굿즈를 사기 위해서 줄을 서서 기다려본 적은 없었습니다.

그러던 어느 날 2017년 2월에 일주일 동안 한국에 들어갈 일이 있었습니다. 그때가 마침 발렌타인 시기여서, 한국 스타벅스 발렌타인 한정 굿즈가 나왔답니다. 그때 회사 동료 2명이 한국 스타벅스 굿즈를 갖고 싶다고 부탁을 해서 한국에서 처음으로 사봤습니다.

그때 샀던 고양이 귀가 달린 발렌타인 텀블러는 살 때 3만원도 안주고 샀는데, 일본 중고샵 메루카리에서 15000엔(한화 15만 원)에 판매되었답니다. 또, 얼마 전에 스타벅스 미니 캐리어를 한정으로 주는 이벤트가 있었죠? 핑크색 같은 경우는 20만 원 넘는 가격에 판매되고 있더라고요. 한국 스타벅스의 굿즈가 세계에서 제일 귀엽다고 스타벅스 팬들은 종종 말한답니다. 진짜 특별한 친구들에게는 귀여운 디자인의 한국 스타벅스 텀블러를 선물해주면 소중하게 간직할 거라고 생각합니다. 참고로 일본 사람들은 귀여운 물건을 좋아하기 때문에 심플한 텀블러보다는 귀엽게 디자인한, 한국에서만 팔고 있는 한국 한정 스타벅스 굿즈를 추천합니다.

제가 아직도 기억하고 있는 한국 한정
스타벅스 굿즈 중에 발렌타인 기념으로
발매되었던 스플래시 스틱이 발렌타인
한정 음료 한 잔당 하나씩 무료로 증정
하는 이벤트를 일시적으로 하였는데 한
국에서는 공짜로 하나씩 주던 하트 모
양의 스플래시 스틱이 일본에서는 한
개 당 600-700엔(한화 6천원-7천원) 사이
에 거래되었답니다.
일본도, 한국도 스타벅스에 열광하는 팬
들이 많다는 걸 알 수 있었답니다.

일본 여행 생존기

일본 국내여행 / 갈만한 곳 추천

저는 일본에 2013년부터 2019년도까지 거주하는 동안 일본 국내여행을 열심히 다녔는데, 제가 여태까지 다녀온 곳은 북해도(오타루, 삿포로, 비에이, 하코다테), 야마가타(신죠), 미야기(센다이, 나루코), 이와테(히라이즈미, 이치노세키), 이바라키, 나가노, 후쿠시마, 토치기, 아오모리, 군마, 치바, 요코하마, 하코네, 도쿄 곳곳, 사이타마, 야마나시, 시즈오카(이즈, 신시즈오카, 후지노미야, 아타미), 후쿠이, 아이치, 나라, 교토, 오사카, 나라, 돗토리, 토쿠시마, 히로시마, 후쿠오카, 나가사키, 가고시마, 야쿠시마, 오키나와 등등 입니다! 일본 국내여행을 100번은 넘게 다닌 것 같아요. 그래서 이번에는 보통 일본 사람들이 여행으로 가는 곳 위주로 소개할까 합니다.

* 북해도(홋카이도)

일본 사람들의 가장 사랑하는 국내 여행지 중에 하나입니다. 저 또한 사랑하는 여행지 중 하나가 북해도입니다. 많은 일본인에게 물어봤을 때 국내 여행지로서 어디가 좋냐고 물어보면 많은 사람들이 좋아하는 여행지로 북해도, 오키나와, 교토를 종종 말했습니다.

북해도는 4계절 중 어느 계절에 가더라도 항상 좋습니다. 하지만 일본 사람들은 겨울은 추워서 가지 않습니다. 한국인들은 영화 러브레터의 로망이 있기 때문일까요? 북해도를 겨울에 가는 걸로 많이 오해하는 경우가 있습니다. 그래서 막상 겨울에 가면 일본인 관광객 보다는 한국 사람들과 중국 사람들을 길거리에 볼 수 있었습니다. 겨울에 북해도 갈때 주위에 일본사람들은 왜 북해도를 겨울에 가냐고 오히려 물어보는 사람들이 많았습니다. 일본 사람들은 추워서 안간다고 했습니다. 하지만 개인적으로는 겨울에 갔었던 북해도는 생각보다 아름다웠습니다. 북해도는 눈이 많이 오는 곳으로 겨울에 가면 어딜 가든 멋진 설경을 볼 수 있었습니다.

다만 눈이 많이 와서 길이 매우 미끄럽기 때문에 직접 운전하는 건 추천하지 않습니다. 생각 없이 겨울에 북해도를 가서, 차를 렌탈하였습니다. 스노우타이어로 렌탈 했음에도 불구하고 4번이

나 갑자기 미끄러져서 저승길을 경험했습니다. 북해도 여행갔다가 한국 여행객들이 전복되는 사고도 있었을만큼 생각보다 많이 미끄러운 곳이랍니다.

하지만 해산물이 신선하며, 정말 맛있고 '미스터 초밥왕'(웹툰)의 고향인 북해도답게 초밥도 유명하답니다. 북해도의 지역 중 하나인 오타루의 초밥은 정말 맛있습니다. 미스터 초밥왕 다들 아시나요? 미스터 초밥왕 작가가 오타루 출신이고 '마사즈지' 라는 가게의 초밥을 먹고 이를 모토로 미스터 초밥왕을 집필했다고 합니다. 그래서 미스터 초밥왕의 주인공인 쇼타의 고향도 오타루라는 설정입니다. 만화를 좋아하시는 분들은 여행하기 전에 한번 만화책을 읽어주신다면, 여행 할 때 좀 더 특별하게 느껴지는 경우도 있답니다.

북해도의 성게는 특히나 맛있습니다. 해산물이 입에 녹는 경험을 할 수 있습니다.

다만 북해도는 크기가 어마어마하게 크기 때문에 여행을 계획할 때 동선에 주의해야합니다. 하코다테와 삿포로는 서울과 부산 정도의 거리라는 걸 알아두면 동선을 계획할 때 용이합니다.

* 동북 (도호쿠)

후쿠시마, 이와테, 이바라키, 미야기 등 후쿠시마 원전 사고가 났었던 곳의 주변입니다. 원전 사고 나기 전에는 매우 아름답고 사랑이 가득한 곳이었습니다. 지금은 원전 사고가 나서 사는 사람도, 관광하는 사람도 많이 줄었지만 일본에 살 때 여기도 많이 다녔답니다. 필자는 교수님 추천으로 동북지역인 센가와 미야기 쪽에 있는 국회의원의 비서로 추천을 받았지만, 동북지역이어서 포기했던 적이 있습니다. 동북 지역은 한국 사람들이 별로 가고 싶어 하지 않는 곳이기 때문에 이 책에서 여기에 대해 쓰는 것은 제외하겠습니다.

* 군마 쿠사츠

일본의 3대 온천이며 여행객보다는 현지인들이 많이 가는 곳입니다. 도쿄에서 1박2일 코스로 방문하는 것도 좋습니다. 온천물이 아주 좋으며, 다양한 료칸(온천이 붙어있는 여관)이 있습니다. 잘만 찾으면 저렴한 가격에 전세(카시키리) 온천도 이용할 수 있답니다. 현지인들은 1박 2일 코스로 료칸에서 묵으면서 온천을 즐기는 온천 여행지로 유명한 곳입니다. 군마 쿠사츠는 2번 가봤는데,

여름에 한번 겨울에 한번 다녀왔습니다. 다만 온천으로 유명한 곳이다 보니 여름에는 너무 더워서 기진맥진 한 곳이었습니다. 저는 온천을 할 때는 가을, 겨울에 하는 것을 추천합니다. 뜨거운 온천에 몸을 담그고, 머리는 차가운 바람을 맞을 때 가장 기분 좋은 곳 같습니다. 그리고 원래 일본 온천은 혼욕이었다고 합니다. 지방의 온천을 이용하면 아직도 혼욕탕이 남아있는 곳도 있습니다.

* 도쿄

도쿄와 서울은 매우 비슷하다고 하지만 자세히 보면 다릅니다. 도쿄만의 특유의 매력이 있습니다. 특히 디즈니랜드는 꼭 가보세요. 전 세계에서 가장 잘되어있는 디즈니랜드입니다. 볼거리가 정말 다양합니다. 사실, 디즈니랜드는 치바에 위치해있습니다. 치바의 모든 세금을 디즈니랜드가 납입하고 있다는 소문도 있는데, 다들 사실이라고 암묵적으로 말하고 있답니다.

디즈니랜드, 디즈니씨 두 가지가 있는데요. 디즈니랜드는 가족을 위한 놀이동산이라면 디즈니씨에는 어른들을 위한 놀이동산이라는 이미지가 강한데. 개인적으로 요즘엔 디즈니랜드가 참 좋네요.

놀이동산에 관심이 있다기보다는 놀이기구를 참 좋아하는 저

로써는 처음에는 디즈니씨나 디즈니랜드의 놀이기구가 참으로 시시하게 느껴져서 매력을 못 느꼈었습니다. 하지만 친구들이 권해서 꾸준히 디즈니랜드를 다녀보니 놀이기구뿐만 아니라 디즈니의 한 장면을 그대로 옮겨놓은 세트들을 보면 어릴 적 기분으로 돌아가는 기분이 듭니다. 어릴 적 아침, 일요일마다 디즈니 애니메이션을 보면서 성장한 사람이라 디즈니랜드를 가면, 과거로 돌아가서 추억을 함께하는 느낌이 들어서 참 좋습니다. 특히 할로윈 시즌에 온다면 일반인들의 할로윈 분장을 보는 재미도 쏠쏠할 것입니다.

디즈니랜드 또는 디즈니씨를 주말에 간다면 많이 붐비기 때문에 티켓을 한국 사이트 또는 일본에서 먼저 구입하시고 가시길 적극 추천합니다. 인기에 힘입어, 티켓의 가격은 매년 올라가고 있습니다.

도쿄 근교의 '가와고에'는 제가 도쿄 근교 중 제일 사랑하는 곳입니다. 기모노 또는 유카타를 입고 그곳을 거닌다면, 마치 과거의 일본인 에도시대로 돌아온 기분이 든답니다. 도쿄 6년 거주자였던 제가 개인적으로 추천하자면, 도쿄에서 디즈니랜드와 가와고에는 꼭 가보셨으면 하는 관광지입니다.

* 요코하마

　요코하마의 중화거리도 한국인에게 많이 유명한 곳이지만 저는 아직 많이 알려지지 않은 요코하마의 산케이엔을 추천합니다. 이곳은 일본식 전통 정원인데 봄에 가도 좋고 가을에 가고 좋습니다. 분위기뿐만 아니라 독특한 옛 건물도 볼 수 있습니다. 중요 문화재로 지정된 건물들이 있습니다. 일본의 옛날 건축물에 관심이 있다면 한번 가보는 것이 좋습니다.

　산케이엔 정원은 요코하마의 실업가 하라 산케이가 1902년부터 20년에 걸쳐 조성한 일본식 개인 정원입니다. 크게 외원과 내원으로 나눠져 있으며 교토, 카마쿠라, 기후현 등에서 수집 되어 온 17동의 건조물이 배치되어있습니다. 생각보다 큰 규모이기에다 돌아보려면 시간이 꽤 걸리는 곳이에요. 벚꽃과 단풍 관광명소로 유명하며 결혼식도 여기서 진행하는 경우가 있어서 일본 전통 결혼식 복장을 간혹 볼 수도 있답니다. 내부에 차를 마시는 곳이 있는데 일본 전통차를 마시는 예절에 관한 방법이 한국어, 영어, 일본어, 중국어로 진열 되어있기 때문에 관광객들도 쉽게 이해할 수 있습니다.

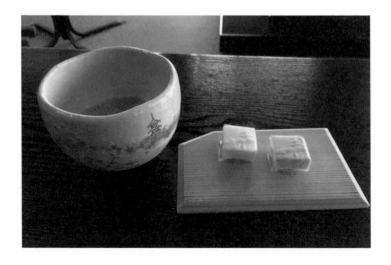

* 시즈오카

시즈오카는 은근히 갈 곳이 많습니다. 시즈오카의 크기도 꽤 큰데 이즈, 신시즈오카, 후지노미야, 아타미 등의 도시가 있는데 그 중에서 저는 아타미를 좋아해서 2달에 한번은 갔던 여행지입 니다. 이토우엔호텔의 암반욕도 좋았고 게이샤의 공원도 볼 만했 습니다.

* 교토

위에서도 언급했지만 교토는 일본 사람들이 가장 선호하는 국
내여행지 중의 하나입니다. 교토만의 묘한 분위기가 있고 전통 있
는 료칸이 많습니다. 료칸에서 1박 해보는 것도 추천합니다. 마차,
아이스크림 등이 유명하고 보통 일본 사람들은 간사이지역 전체
를 여행하는 것이 아니라 교토만 여행하는 사람들이 많을 정도로
일본인들에게 인기가 많습니다. 일본의 문화재 금각사, 은각사, 신
사 등이 있어 일본 특유의 분위기가 강한 곳입니다.

* 오사카

저의 일본 첫 여행지입니다. 할머니가 일본에서 태어나서 일본에 사시면서 몇 십 년 동안 장사를 하셔서 가끔 놀러갔던 곳입니다. 친오빠도 유학을 하고 있고, 가족들이 오사카에서 거주해서 정이 많이 가는 곳입니다.

도쿄 그리고 일본의 동쪽으로 갈수록 음식들이 좀 짠 편이고, 서쪽으로 갈수록 음식 간이 약하고 달달한 맛의 간장을 사용한답니다. 오사카 음식 타코야끼, 오코노미야키, 쿠시카츠는 꼭 먹어봐야합니다. 여기는 도시라서 여행지라는 느낌보다는 식도락 여행으로 가는 편입니다.

오사카는 일본 사람들의 호불호가 심한 도시라고 할 수 있습니다. 이곳 사람들은 성격이 화끈해서 조용조용한 성격인 일본 사람들은 오사카 사람들을 별로 안 좋아하는 사람들이 있었습니다. 하지만 저는 개인적으로는 매우 사랑하는 도시입니다. 오사카만 보기엔 좀 아쉬우니 이왕이면 근교에 있는 '나라, 고베, 교토'도 같이 가보시길 추천합니다. 사실 오사카에만 있으면 쇼핑, 음식 말고는 할 게 없습니다.

* 히로시마

　히로시마 풍의 오코노미야키를 드셔보세요. 오사카와 다른 매력의 오코노미야키를 먹을 수 있습니다. 히로시마의 오코노미야키는 소바가 들어가 있습니다. 일본 사람들끼리 이야기할 때도 오사카풍의 오코노미야키가 맛있는지, 히로시마의 오코노미야키가 맛있는지 여부를 논하기도 한답니다.

　작지만 매력적인 소도시. 히로시마 원폭돔, 이쯔쿠시마 신사는 꼭 보시기를!!! 특유의 분위기가 너무 좋습니다. 일본에 얼마 안 남아있는 노면전철까지 있어 일본의 분위기를 느끼기에 완벽한 장소라고 말하고 싶습니다.

* 가고시마

여기는 일본의 서쪽 제일 끝인 곳인데 시로쿠마(흰색곰)의 빙수
와 쿠로부타(검은 돼지) 고기가 인기가 많습니다. 개인적으로는 여
기 간장이 입에 잘 맞아요. 일본인 친구가 가고시마에 살아서 가
고시마 간장을 먹어봤는데, 초밥에 찍어먹어도 맛있고, 사시미(회)
에 찍어먹어도 맛있고, 조림을 해먹어도 맛있어서 놀랐던 기억이
있습니다. 가고시마의 관광버스를 타고 하루 종일 버스 투어를 했
던 것이 인상적이었습니다.

* 나가사키

　나가사키는 세계 3대 야경으로 뽑힌 곳입니다!!!! 야경이 아름
다운 곳이며 특히 '구라바엔'이라는 곳을 다녀왔었는데, 시내에
있던 유서 깊은 서양식 건물 8채를 외국인 거류지였던 미나미야
마테에 이축하여 복원한 공원이라고 합니다. 푸치니의 유명한 오
페라 나비부인의 무대로도 유명한 곳입니다. 건물 하나하나가 아
름답고, 서양의 느낌이 나는 곳입니다.

　나가사키 여행을 갔을 때, 가이드분이 해준 이야기가 아직도 기억이 납니다. 가이드분의 이야기를 빌리자면 나가사키 야경이 세계 3대 야경으로 채택되었을 때, 나가사키에 거주하는 사람들은 매일 보는 거라 왜 나가사키가 세계 3대 야경으로 선택되었는지 지금까지도 이해가 안 된다는 내용이었답니다. 그때 당시 도쿄에서 온 제가 보기엔 충분히 가치가 있다고 느꼈는데, 계속 거주하는 사람들 눈에는 그렇게 보일 수도 있겠다고 생각했습니다.

　2박 3일 동안 여행했지만 시간이 부족했습니다. 특별히 기대를 안하고 갔는데 의외로 뉴질랜드 풍으로 꾸며 놓은 하우스텐보스도 좋았습니다.

* 야쿠시마

야쿠시마는 가고시마에서 비행기를 타고 가야되는 섬입니다. 가고시마에서 비행기를 타고 가면 웬만한 해외여행 비행기 값이랑 비슷했습니다. 비행기 값이 도쿄에서 큐슈 갈 때 보다 비싸서 마음이 너무 아팠었습니다. 365일 중 300일은 비가 내리는 곳입니다. 이끼가 유명하고 훼손하지 않은 자연환경을 그대로 느낄 수 있습니다.

원령공주이야기의 배경지이기도 한데요. 천년에서 3천년 이상 된 웅장한 나무를 볼 수 있습니다. 자연경관이 아름다워서 마치 다른 세계에 온 것 같은 착각이 듭니다. 가기 전에 원령 공주 이야기 애니메이션을 보면, 애니메이션 속의 풍경과 실제 풍경을 비교 할 수 있어서 좀 더 기억에 남을 것입니다.

* 오키나와

일본인들이 좋아하는 곳이며 아시아의 하와이라고 불리는 곳입니다. 우리나라로 비유하자면 제주도 같은 곳이지요. 여기는 100% 여행지입니다. 미군부대가 있어서 외국 사람들을 많이 볼 수 있습니다. 오키나와를 가면 영화관을 가는데, 영화관에서 외국영화를 보면 외국인들의 웃음 포인트, 일본인들의 웃음 포인트, 나의 웃음 포인트가 달라서 그 느낌을 비교할 수 있었습니다! 차가 없으면 불편하나, one day 버스 투어가 있으니 뚜벅이도 여행하기엔 괜찮습니다. 다만 대중교통을 이용할 때 중심부를 벗어나면 정말로 불편합니다. 제가 여행할 때 오키나와 북쪽으로 숙소를 잡아서, 정말 고생했던 기억이 있습니다.

오키나와의 대표적인 여행지 중에 하는 츄라우미 수족관입니다. 오키나와 사투리 '아름답다'라는 의미의 '츄라'와 '바다'라는 의미인 '우미'가 합쳐져서 탄생한 이름입니다. 리뉴얼 오픈하면서, 거대한 바다를 재현한 수족관으로 마치 바닷속에 있는 듯한 착각을 불러일으키는 곳입니다. 고래상어가 인상적이며, 가족단위 여행지로도 추천합니다.

일본은 생각보다 크기 때문에 북해도, 오키나와만 봐도 여기가 같은 일본 맞나 싶을 정도로 생김새, 말투가 크게 다릅니다. 오키

나와에 갔을 때는 사람들의 피부 색깔이 검고, 동남아에 온 기분이 들었습니다. 서쪽 사람들의 생김새가 눈이 크고 진하게 생겼다면 북해도 쪽은 피부가 하얗고, 인상이 강하지 않았습니다. 일본은 각 지방마다 분위기가 완전히 다르기 때문에, 일본에 거주하신다면 시간을 내서서 여러 곳을 다녀보는 것도 일본 문화를 이해하는데 큰 도움이 될 것입니다.

우리가 생각하는 것보다 일본은 크답니다.

* ONLY 일본에만 있는 카페

부엉이 카페

저는 새, 파충류를 무서워해서 그것을 극복하고 싶어서 부엉이 카페에 갔던 적이 있습니다. 같이 갔던 친구가 가보고 싶다고 하기도 했고, 저도 호기심이 생겨 한국에도 부엉이, 올빼미 카페가 있는지 찾아봤습니다. 한국에서는 부엉이 올빼미가 천연기념물이라 있을 수가 없다고 하네요. 한국에 있었다면 부엉이를 평생 만져볼 일은 없다고 합니다.

입구에 들어서니 작은 부엉이 한 마리가 저를 맞아주었는데요. 처음에는 인형인 줄 알았어요. 새들에게 냄새도 하나도 안 나고 너무 깨끗해서 놀랐답니다!

카페 이용방법은 간단합니다. 처음에 들어가면 한 사람당 입장료를 내고 준비되어있는 소독제로 손을 소독합니다. 부엉이 간식 200엔 추가하면 닭고기 4점을 줍니다. 얼른 주지 않으면 날아와서 채가기 때문에 간식을 받으면 빨리 주는 게 좋다고 종업원이 알려주었습니다.

제가 갔던 이케부쿠로의 올빼미, 부엉이 카페는 총 16마리의 부엉이, 올빼미가 있었습니다. 각 부엉이, 올빼미 근처에는 이름과 손에 올릴 수 있는지, 만질 수 있는지 없는지 여부를 'O, ×, △'로 표시해놨어요. 특히 인상 깊었던 것은 어린이, 성인의 기준도 다른 것이었습니다. 어린이가 손에 올릴 수 있는 올빼미는 딱 두 마리였습니다.

부엉이 카페 입구에 들어가면 16마리의 올빼미와 부엉이의 이름, 생일 등이 적혀있어요. 부엉이를 만질 때는 손등으로 부엉이 머리 뒤를 부드럽게 쓸어내리듯이 만지고, 손이나 어깨에 놓을 때는 스태프를 불러서 부탁하면 스태프가 내 어깨나 손에 올려줍니다. 스태프 분들이 친절하게 부엉이들과 교류할 수 있게끔 말을 걸어주고 신경을 써주어서 참 좋았습니다.

그런데 직접 만져보니 생각보다 부엉이들이 너무 얌전하고 귀여운 게 아니겠어요! 털이 뻣뻣할 줄 알았는데 아주 부드러워서 신기했어요.

신기한 경험이긴 했지만 마음은 아팠습니다. 날지 못하게 묶여 있었거든요. 그리고 올빼미, 부엉이가 야행성이라는 말이 떠올라 왠지 더 졸려 보이고 스트레스를 받는 것 같아 마음이 아팠습니다. 새가 무서운 것도 있지만 스트레스를 받을까봐 카메라 소리도 무음으로 하고 웬만하면 만지지 않았어요.

그래서 휴식시간이 있는 건 정말 다행이라고 생각했습니다. 부엉이, 올빼미들이 번갈아 가면서 휴식을 취하게 해주는데요. 이름 밑에 '휴식중(休憩中)'이란 팻말이 붙어있어 쉬고 있다는 것을 알려주었어요. 휴식 팻말이 붙은 녀석은 만질 수 없답니다. 다행히 스태프들이 정말 사랑해주고 애지중지하는 게 눈에 보여서 그건 참 좋았어요.

부엉이나 올빼미를 키우기 위해서 큰 부엉이는 사룟값이 한 달에 1만엔(약 십만 원), 중간 크기 부엉이는 7천엔(약 7만 원), 작은 애들은 총 3천엔(약 3만 원) 정도 든다고 해요. 그리고 일본에서는 천연기념물이 아니기 때문에 집에서도 기를 수 있다고 합니다.

마메시바이누 카페

시바견 다들 아시나요? 시바견, 인기가 많지요? 시바견 중에서도 더 작은 사이즈로 개량된 시바견을 '마메시바이누'라고 합니다. 이 카페는 2018년도 생겼는데 폭발적인 인기로 몇 시간 기다려도 들어갈 수 없었던 카페입니다. 저도 가보고 싶어서, 도쿄, 후쿠오카, 오사카 3군데의 카페를 가보았습니다.

마메시바이누카페가 인기가 많아서 그런지 그 당시에는 30분만 머물 수 있었습니다. 워낙 많은 사람들이 왔다 갔다 해서 그런지 강아지들이 기운이 없었습니다. 강아지에게 먹이를 주는 것은 금지되어 있었고, 강아지를 들어 올리는 행위는 할 수 없었습니다. 관리가 철저하게 되어있는 편입니다.

일본에만 있는 마메시바이누 카페와 부엉이 카페는 한 번쯤 가보면 좋을 곳이라고 생각했습니다. 특히나 어린아이들이 좋아하는 게 눈에 보였습니다. 다만 두 곳 모두 동물카페다 보니 동물들이 기운이 없는 것 같아서 마음이 아팠습니다.

일본 국내여행 꿀팁편

일본에 살 때 여행을 워낙 좋아해서 한 달에 한 번은 꼭 여행 가자 주의라서 일본 전국을 목표로 열심히 여행을 했습니다. 일본 에 2013년에 왔는데 일본 여행을 다니기 시작한 건 2016년 1월 부터예요. 대학원에 다닐 때 같이 수업 받던 학교 친구가 심장마 비로 갑자기 세상을 떠나면서, 그것이 계기가 되어 하고 싶은 대 로 하며 살기로 결정했답니다. 내일 죽어도 후회하지 않는 삶을 살기로 한 것이지요.

제가 여태까지 다녀온 곳은 북해도(오타루, 삿포로, 비에이, 하코다 테), 야마가타(신죠), 미야기(센다이, 나루코) 이와테(히라이즈미, 이치노세 키), 이바라키, 나가노, 후쿠시마, 토치기, 아오모리, 군마, 치바, 요 코하마, 하코네, 도쿄 곳곳, 사이타마, 야마나시, 시즈오카(이즈, 신 시즈오카, 후지노미야, 아타미) 후쿠이, 아이치, 나라, 교토, 오사카, 나 라, 돗토리, 토쿠시마, 히로시마, 후쿠오카, 나가사키, 가고시마, 야 쿠시마, 오키나와 등입니다.

혼자서 여행 다니는 것을 제일 좋아하고요. 친구나, 남편, 가족이랑 다니는 여행도 좋아합니다. 저는 개인적으로 교통비, 숙박비에 돈 쓰는 걸 좋아하지 않습니다. 교통비는 안들 수록 좋고 호텔은 비지니스 호텔이면 된답니다. 그런 것 들 보다 제가 중요하게 생각하는 것은 먹는 것과 쇼핑입니다.

패키지를 이용하자

비행기 따로 신칸센 따로 호텔 따로 끊는 것보다 비행기+호텔 또는 신칸센+호텔 이렇게 패키지로 예약하는 것이 저렴합니다! 예를 들어, 홋카이도 2박3일로 갔을 경우 비행기 한 사람당 3~4만 엔, 호텔이 1박에 만 엔 정도였는데 제가 작년 12월 남편이랑 갔을 때 비행기(아시아나)+호텔 2박 해서 둘이 합쳐서 5만 엔(한화 50만 원)이었습니다.

이번에 나고야 여행을 계획 중인데 1인 기준 신칸센 왕복 3만 엔, 호텔 1만 5천 엔 정도인데 신칸센+호텔로 끊으니 2만 엔에 해결되네요.

여행지 뒤에다 일본어로 パック(패키지)를 넣고 일본 검색 사이트(ex. 야후 재팬)로 검색하시면 좀 더 많은 선택지가 나옵니다. 인터넷 사이트 말고도 신주쿠 등 역에서 이용할 수 있는 여행 패키지도 많으니 참고해주세요.

시기가 중요! 일본의 시기를 기억해두자

4월, 5월, 6월초, 10월, 11월, 12월초는 저렴합니다. 특히 4,10월은 새로운 학기, 회사도 가장 바쁜 시즌이기 때문에 어딜 가든 사람이 적고 가격이 내려가요. (1번처럼 패키지를 이용하는 경우!) 예를 들어, 홋카이도 같은 경우에는 추워서 일본 사람들이 가지 않는 겨울이 가장 싸요.(얼음축제 기간제외) 오키나와도 겨울에는 가격이 조금 내려가는 편입니다.

금, 토, 일 주말이나, 연휴가 끼워져 있는 날은 가격이 비쌉니다. 평일이 저렴한 건 당연한 거겠죠? 제일 비싼 시즌은 '경로의 날' 시즌입니다. 자식들이 효도 여행을 보내줘서 비싸다는 의견이 있었어요. 또 일본의 최고 휴일인 골든 위크 그리고 실버 위크에 가격이 올라가니 그 시즌을 피하는 것도 하나의 방법이랍니다.

예약한 직후 호텔에 전화해서 요구사항을 이야기해보자

고층 혹은 조용한 방 등을 요구를 하면 특별한 일이 없는 한 고객의 희망에 따라서 배치해 줍니다. 예를 들어 저는 예약한 다음에 구글 검색에서 호텔을 찾아보고, 호텔의 위치 등을 파악하는데요. 저는 고층의 뷰가 예쁜 곳을 선호해서 고층으로 해달라고 부탁합니다. 당일에 체크인할 때 부탁하면 별로 안 좋아하니 미리 전화해서 이야기하면 해주는 곳이 은근히 있어요. 안 해주는 호텔도 있지만요. 아이가 있으니 덴샤(전차)가 보이는 방으로 해달라고 부탁하면 해주는 곳도 있습니다! 이건 호텔에 따라 달라요.

참고로 일본 호텔은 물건을 빌릴 수 있는데요. 호텔마다 다르지만, 다리미, 비상약, 고데기, 손톱깎이, 귀마개, 우산, 충전기 등이 구비되어있어서 빌릴 수 있답니다!

짐이 많으면 캐리어 먼저 보내자

제가 자주 쓰던 방법인데요. 저는 밤샘 근무를 하고 바로 여행을 가는 경우가 많아서 캐리어를 저희 집에서 제가 묵을 숙소로 캐리어를 보내버립니다. 그러면 무겁지도 않고 가볍게 여행할 수 있어서 좋습니다.

몸이 불편하신 분들이나, 어르신들, 또는 아이를 동반하시는 분들은 캐리어를 미리 보내거나 박스를 미리 보내면 조금 더 편하게 여행 하실 수 있는 것 같아요.

* '사가와'라는 택배 회사보다는 '야마토'라는 택배 회사가 배송 트러블이 적다고 해서 주로 야마토를 이용해요. 지역이나 짐의 크기에 따라서 가격이 다르니 야마토 홈페이지를 참고해주세요. 저는 주로 편의점에서 보냈는데 택배 기사가 집까지 오는 서비스도 신청 가능합니다.

하트버스, HIS버스 등 실용적인 당일 버스 투어를 이용하라

차가 없거나 그냥 편안하게 버스에 내 몸을 맡기고 여행하고 싶은 날 자주 이용하는데요.

예를 들어 2018년 2월에 HIS라는 일본 여행회사를 통해서 토치기를 다녀왔었는데 제 일정은 토치기의 딸기의 고향(いちごの里 이치고노 사토) → 신생강 뮤지엄(新生姜ミュージアム) → 우츠노미야 교자거리(宇都宮餃子食べ歩き) → 토부 월드스퀘어(東式ワールドスクウェア)였습니다!

아침 열시 십분에 신주쿠에서 출발해서 일정을 마치고, 다시 신주쿠로 돌아오니 밤 9시였어요. 개인 차로 이동하기에는 비용도, 시간도 너무 벅차서, 선택한 당일치기 버스여행이었는데 정말 만족했어요. 가격은 1인당 9800엔 정도였습니다.

지방에서 올라오시는 어르신들도 도쿄 투어를 하루투어로 여행하시는 분들이 많습니다. 일본인들 사이에서는 ハトバス(하트버스)가 가장 인기가 많습니다. 일드 결혼 못하는 남자에서도 주인공들이 도쿄에 살지만 하트버스를 통해서 당일치기로 도쿄 여행하는 장면이 나와요. 일본에서는 하트버스를 통해서 당일여행 하는 것이 꽤 대중화 되어있습니다. HIS라는 대형 여행 회사에서도 일일투어에 많이 투자한다고 하네요! 겨울에는 일루미네이션 상품, 계절별로 꽃 보러 가는 상품, 하나비(불꽃놀이) 상품 등등 다양하게 있으니 인터넷에서 검색해서 가는 것도 좋은 것 같아요.

여행지의 현지 투어를 이용하자

얼마전 시즈오카의 후지노미야를 여행했을 때 차가 없어 후지노미야시에서 운영하는 현지투어를 이용했는데 만족스러웠습니다. 1500엔으로 다양한 곳을 갈 수 있었어요.

고리키군 버스 투어 : 시라이토노타키(폭포) - 타누키코(호수) - 히토아나 후지코 유적 - 후지 밀크랜드(목장) - 후지타카사고 주조공장 - 후지산 혼구 센겐타이샤(벚꽃명소)

오키나와처럼 차 없이 다니기에 불편한 곳은 현지 투어가 꼭 있답니다. 차가 없어서 망설이시는 분들이 많은데 현지투어를 이용하시면 좋습니다. 오키나와는 1일 투어, 2일 투어가 있는데 렌트를 안 해도 될 만큼 알찬 투어에요! 여행 가시기 전에 지역 현지 투어가 있는지 한번 검색 해보는 것도 추천 드립니다.

신용카드를 사용한다면 항공사 카드를 쓰는 것도 괜찮다

한 달에 10만 엔 이상 사용하시는 분이라면 항공사 카드를 만드는 것도 괜찮은 것 같아요. 한 달에 10만 엔 정도 일 년 쓰시면 일 년에 한 번 한국에 공짜로 갈 수 있답니다.

거기다 항공사 별로 디스카운트 마일리지 시기가 있는데 그런

때를 잘 이용하면 정말 저렴한 마일리지로 여행이 가능합니다. 이렇게 쌓인 제 마일리지로 한국에 다녀온 적이 있는데 왕복 1만 5천 마일리지에 다녀왔고 심지어 캐리어 23kg 두 개, 기내용 한 개 등 50kg 정도 되는 한국 물건과 한국 음식 등을 많이 가지고 올 수 있어서 좋았습니다.

추가; 카드 마일리지로 예약 시 해외여행은 마감이 빨리 되는 경우가 있는데 국내여행은 비행기 티켓이 좀 더 넉넉한 것 같아요. 국내여행은 항공사 마일리지를 사용하시는 것도 좋을 것 같아요.

한국 블로그에서 쓰여있는 일본 맛집은 실패할 수 있다

한국 블로그에 쓰여 있는 맛집은 맛집도 있지만 일본 사람들은 가지 않는, 외국인 관광객용 맛집일 수가 있으니 가기 전에 야후에서 다시 검색해서 리뷰(구치코미)를 보는 것이 좋아요. 한국 블로그엔 맛있다고 하지만 실제로 가보면 실패했던 적이 꽤 많아서 웬만하면 일본 사이트에서 검색해서 갑니다. 한 가지 팁이라면 지역 현지인인 호텔 프런트 직원, 택시 기사분들이 맛집을 잘 알고 있습니다. 잘 모르겠으면 현지인에게 물어보는 것이 가장 정확합니다.

일본에서 해외로 장거리 여행할 때 한국에 있는 가족 만나기

스톱오버 악용사례 안내

일본에 살 때, 유럽으로 장거리 여행을 간 적이 있습니다. 유럽으로 가면서 일부러 한국 항공사인 대한항공과 아시아나 항공을 이용해서 다녀왔습니다. 우리는 한국 국적을 가지고 있어서, 한국 경유 시 밖으로 나갈 수가 있습니다. 비록 긴 시간은 아니지만 만약 2~3시간 경유하면 30분에서 1시간 정도 가족들을 공항에 나오라고 하여 만날 수 있습니다. 그리고 짐이 많을 때는 옷이나 책 등 필요 없는 짐을 택배로 보낼 수도 있습니다.

저는 한국을 경유할 때 공항에서 2시간 정도 엄마를 만난 적이 있습니다. 짧은 시간이었지만 반년 만에 만난 엄마는 언제 봐도 좋았답니다. 그리고 그 2시간을 이용해서 공항에서 판매하고 있는 한국 음식을 먹을 수 있어서 행복했답니다.

한국은 스톱오버(24시간 이상 경유)가 안되고 다구간 예약으로 예약해야합니다. 몇 년 전 까지는 다구간으로 하지 않고도 스톱오버로 저렴하게 가능했었는데 그걸 악용해서 가까운 일본에서 출발하여 한국 경유로 다른 나라로 가는 한국인이 많아서 규정이 변경되었습니다. 예전에 일본을 출발한 한국인들 중에 한국 스톱오버를 거의 일 년을 설정해놓고 이용하는 사람들이 있어서, 스톱오버가 없어져버렸습니다. 다구간 예약을 통해서 한국에 나갔다 올 때 출국심사 후, 입국심사도 해야 하는 점을 감안해서 최대한 긴 시간 예약할 것을 추천합니다.

* 일본 비즈니스호텔 추천 – 토요코인

나는 왜 토요코인에서 묵을까?

여러분은 여행 다니실 때 숙박을 중요하게 생각하시나요? 쇼핑을 중요하게 생각하시나요? 저는 숙박은 잠만 자는 곳이라고 생각하기 때문에 숙박비에는 돈을 아끼는 타입입니다. 일본 여행을 자주 다니시고, 숙박비에 돈 쓰기 싫으신 분들을 위한 호텔을 소개합니다.

일본 비즈니스호텔인 토요코인은, 한국에도 동대문, 신길, 부산 등에 점포를 가지고 있습니다. (지금 한국에 있는 몇몇 점포들은 코로나19 때문에 무기한 휴업에 들어가고 있습니다.) 현재 한국에 6개 이상의 점포를 가지고 있고 내년에는 강남 오픈, 내후년에는 영등포에도 오픈 예정이라고 합니다. 일본 기업 중에서는 한국을 좋아하는 '친한 기업'으로 뽑히기도 합니다.

프랑스, 독일, 필리핀, 몽골 등에서도 오픈했다고 해요. 독일에 갔을 때도 토요코인을 이용했는데, 타 호텔에 비해서 호텔 숙박비가 저렴해서 좋았습니다.

일본에는 전국에 260점포 이상이 있습니다. 보통 일본 주요 도시, 주요 역 바로 앞에 호텔이 위치해 있기 때문에 접근성도 정말 좋답니다. 제가 소개해드리고 싶은 것은 바로바로 토요코인 멤버십 카드입니다. 1500엔(학생1000엔)의 가입비가 있지만 다양한 혜택이 있답니다.

ㄱ. 체크인 시간이 4시에서 3시로 한 시간 빨라짐.
ㄴ. 숙박비 할인(요일 상관없이 5% 할인)
ㄷ. 1박에 1포인트 적립 -> 10포인트 쌓이면 무료 1일 숙박권으로 발급 가능.(선물도 가능)
ㄹ. 예약도 6개월 전부터 가능.

토요코인 공식 홈페이지

https://www.toyoko-inn.com

다른 사이트에서는 당일 취소가 안돼요! 100% 수수료 내야됩니다. (라쿠텐, 쟈란, 익스피디아 등등에서 예약하시면 가장 비싼 금액으로 예약하시는 겁니다.)

공식 홈페이지, 혹은 전화예약이 가장 쌉니다. (단, 전화예약은 공식 홈페이지보다 300엔 정도 비쌉니다.) 또한 핸드폰 충전기, 다리미, 인쇄 서비스 등도 무료로 사용 가능합니다.

그리고 웬만한 비상약이 다 구비되어 있으니 위가 아프시거나 손을 베었다면 프런트에 약이 있냐고 물어봐주세요. 컴퓨터 렌탈 서비스도 유용한데 저는 컴퓨터 들고 다니는 것을 싫어해서 여기서 빌려서 썼습니다.

그리고 모든 토요코인은 조식 서비스가 무료입니다. 단, 맛을 기대하면 안 됩니다. 하지만 점포마다 맛은 다릅니다! 도쿄 메인 점포는 워낙 바쁘고 가동률이 높다보니 조식에 그렇게 신경을 못 쓰는 것 같습니다. 후쿠오카 지점에 방문했을 때는 조식이 맛있었습니다. 점포에 따라 맛이 다르고, 무료 조식이니 큰 기대 없이 이용하시는 것이 좋습니다.

정리하자면 토요코인 이용 시

1. 일 년에 2번 이상 이용하면 회원카드 만들자. 멀리 보면 할인된다.

2. 인기 있는 호텔은 금방 만실되니 6개월 전에 예약하자.(당일 4시까지 취소 무료)
3. 예약할 때는 토요코인 공식 홈페이지가 제일 저렴하다.
   (심지어 회원카드를 안 만들어도 다른 사이트보다 토요코인 홈페이지가 싸다.)
4. 싱글룸을 예약해도 2인 이용이 가능하고(추가 금액 1500엔 정도) 베게, 담요(毛布)도 추가할 수 있다. 아이가 초등학교 이하라면 아이 숙박비는 공짜.
5. 포인트 사용할 때는 제일 비싼 점포에서 사용하는 게 이득.(도쿄가 가장 비싸요.)

숙박비는 일본 지역에 따라 다른데요. 도쿄 쪽이 싱글기준 8100엔 정도로 가장 비싸고요. 지방 쪽은 싱글룸 기준으로 5000엔 정도 한답니다. 비즈니스호텔이지만 직원들 교육에 엄격해서 대부분의 점포들의 직원들이 친절합니다. 왜 이렇게 잘 아냐고요? 왜냐면 제가 여기서 2년 근무했기 때문입니다. 친한 기업입니다! 한국을 좋아하는 기업 중에 하나입니다.

저는 일본 국내 여행을 자주 다녔는데 여행을 하고 차를 끌고 다녀도 많이 걷기 때문에 피로가 쌓이게 됩니다. 한국 호텔과 다르게 일본 사람들은 매일 목욕하는 문화이기 때문에 중저가 호텔에도 일본 호텔에는 반신욕이 가능한 욕조가 구비되어 있습니다.

목욕을 하는 문화인만큼 입욕제가 발달되어있습니다. 온천을 못하더라도 여행 중의 고단함을 목욕으로 풀어보는 것은 어떨까요? 특히 '러쉬'라는 유럽 화장품이 한국에 비해서 2/3가격인데 한국에서도 유명한 러쉬 입욕제를 사서 목욕을 하면, 여행의 피로가 싹 풀리곤 했습니다. 러쉬 입욕제를 사용하면 은은한 향이 몸에 오랫동안 남고 목욕하고 나면 피부가 부들부들 해져서 좋았습니다.

현지인이 추천하는 일본 쇼핑 목록

100엔 숍 아이들 장난감, 열쇠고리 등 – 가격 대비 튼튼한데다 귀여워요.

얼굴 각질 제거제 – 로제트 고마쥬 각질 제거제 350엔(2021년 6월기준)

로토비타 안약 노란색, 파란색

시세이도 선크림

시세이도, 슈에무라 마스카라 뷰러 – 한국의 1/3 가격.

샤론파스

꼼데가르송(의류)

메구리듬(멕리듬) 일회용 수면 안대 – 눈에 덮으면 따뜻해지면 눈의 피로가 풀립니다.

닛신 씨푸드 컵라면 – 일본 국민 컵라면

민티아 – 입 냄새 제거에 효과적입니다.

칼디 커피, 팟타이 키트 – 커피 유명한 가게

오페라 립 틴트 – 2년 내내 1위를 할 정도로 촉촉하고 발색이 탁월

합니다. 가격은 1500엔 정도이며 색상은 다양합니다.

비비안웨스트우드 스타킹, 장갑, 목도리 – 백화점 잡화점

일본 양산 – 브랜드, 디자인 다양합니다.

카베진 – 위 안 좋은 분들에게 좋아요. 영양제가 아니고 위 치료제입니다.

발가락 양말 – 디자인이 다양해요.

프랑프랑 밥주걱, 에코백

디즈니 스토어 – 아이가 있는 집

쿠루쿠루 가루쿡 만들기 – 아이들이 좋아해요.

펫파라다이스 – 가격이 비싼 편이지만 강아지 옷이 튼튼하고 디자인이 귀엽습니다.

강아지, 고양이 츄르 – 기호성 최고입니다. 돈키호테에서 팔아요. 한국 이마트에도 들어와 있지만 종류가 한정적입니다.

러쉬 – 한국보다 2/3 저렴한 가격.

일본 100엔 숍 세리아

일본 100엔 숍 세리아에서 일본 여행 선물을 구입해보시는 건 어떨까요? 일본 100엔 숍 중에서 디자인이 가장 예쁘고 100엔 숍에서 산 물건이라고 보기 힘들 정도로 퀄리티가 좋은 제품들이 많아 인기가 좋습니다.

일본 100엔 숍 하면 떠오르는 브랜드는 다이소(ダイソー), 캔두(Can Do), 세리아(Seria) 3가지가 있습니다. 다이소는 실용적인 물건이 많고, 캔두는 물건의 종류가 많지요. 세리아는 100엔 숍 중에서 디자인이 예쁘기로 유명합니다. 제가 일본에 있을 때 한국에서 친구가 놀러 오면 추천했던 곳입니다. 가격이 부담이 없으면서 예쁜 선물을 구입할 수 있는 곳이 세리아입니다. 일본 여행에서 저렴한 가격으로 선물을 구입하고 싶으신 분들에게 추천하는 곳입니다. 친구를 세리아에 데려갔더니 선물용 열쇠고리만 20개를 사 갔답니다.

세리아에서 가장 유명한 것은 유리병과 그릇이에요. 과일 잼 용기나 인테리어용으로 많이 사용한다고 해요. 디자인이 일본스럽고 예뻐서 인기가 많습니다. 그리고 '메이드 인 재팬' 제품이 많답니다. 또 구석구석 디즈니, 키티, 리락쿠마, 쿠마모토 등 귀여운 애니메이션 캐릭터 용품들과 장난감들이 많습니다. 저렴하게 여행선물 하고 싶을 때 세리아 어떤

가요? 대부분 물건이 100엔(세금 미포함)입니다. 세리아는 이케부쿠로, 신주쿠 등 전국 여러 곳에 체인점을 가지고 있습니다. 여행하다가도 관광지에서 종종 발견하실 수 있습니다.

여행 시 해보면 좋은 체험

유카타/기모노 체험

저는 일본인이 운영하는 유카타, 기모노 렌털 숍도 가보고, 한국인이 도쿄에서 운영하는 렌털 숍도 이용한 적이 있습니다. 코로나19로 인해서 많은 것들이 변해서 상호는 밝히지 않겠습니다. 하지만 2021년 5월 기준으로 영업하고 있습니다. 도쿄, 오사카, 후쿠오카 등 다양한 곳에서 이용 가능합니다.

가와고에(kawakoe, 川越)라는 곳은 제가 좋아하는 도쿄 근교 중 한 곳인데요. 도쿄 근교에서 가장 일본다운 곳입니다. 가와고에에서 일본인이 운영하는 기모노/유카타 렌탈 숍을 자주 이용했는데 한국에서 친구들이 올 때마다 데려가곤 했습니다.

가오고에에서 이용했던 렌털 숍의 장단점

장점

1. 가격이 저렴합니다.

2160엔에 추가요금이 없어요. 헤어, 신발, 가방, 옷 다 포함해서 2160엔이니 저렴한 가격으로 체험해볼 수 있습니다.

2. 사진이 정말 예쁘게 나와요.

장소가 워낙 예쁘고 가와고에 자체가 옛날 건물이다 보니 일본의 분위기를 사진에 담아보고 싶으시다면 이곳을 추천합니다.

단점

1. 머리를 정말 촌스럽게 만져요.

제가 갔을 때 머리에 이상한 망을 씌우려고 해서 싫다고 했던 기억이 있습니다.

2. 한국말이 통하지 않아요. 그렇다고 영어가 통하는 것도 아니어서 통역할 사람이 있다면 좀 더 편하실 것입니다.

도쿄의 아사쿠사에서 한국분이 운영하시는 렌털 숍

네이버에서 '도쿄에서 기모노 체험'을 검색하면 나오는 곳입니다.

장점

1. 가격이 저렴해요.

제가 입은 기모노는 그때 당시 3천 엔이었습니다. 가격대별로 3개의 플랜이 있었습니다. 가와고에 렌털 숍과 비교하면 비싸 보일지도 모르겠지만, 일반 렌털 숍에 비하면 저렴한 편입니다.

2. 머리를 예쁘게 잘 만져줍니다. 그리고 옷이나 머리장식들이 고급스러운 느낌입니다.

3. 사장님이 중국어, 영어, 광동어, 일본어, 한국어 다 가능하셔서 의사소통에 불편함이 없습니다.

4. 대여 시간도 아침부터 오후 5시까지로 긴 편입니다.

단점

1. 가와고에보다는 비싸게 느껴질 수 있어요.

2. 사진이 가와고에에서처럼 분위기 있게 나오지 않아요.

3. 기모노나 유카타를 입고 걸어 다니면 관광객들이 허락 없이 사진을 찍어요.

연인이나 가족, 친구와 일본의 기모노 체험을 해보는 것은 어떠신가요? 그 나라의 전통의상을 입고 사진 찍는 것도 즐거운 체험이 될 수 있습니다.

일본 특유의 문화체험 라쿠고

일본 특유의 문화체험 라쿠
고, 민요, 가부키, 타카라즈카
등이 있지만 그 중에서 그나
마 외국인이 체험하기에는 라
쿠로가 좋습니다. 다만 제가
소개한 일본 특유의 문화체험
은 어느정도 일본어를 알아야
지만 이해할 수 있답니다.

일본의 전통문화 '라쿠고'에
대해서 소개합니다.

"라쿠고는 한마디로 아주 우스운 이야기로 듣는 사람들을 재미있게 만드
는 일본의 독특한 전통적인 이야기 예술"이라고 할 수 있다.

라쿠고의 성립 시기에 대해서는 여러 가지 의견들이 있다. 일본의 무로
마치, 전국시대, 다시 말해 중세에 장군이나 높은 사람에게 세상 이야
기나 사람이 살아가야 할 도리 따위를 재미있고 익살스럽게 이야기하
는 오토기슈(伽衆)라는 집단이 있었는데 그 중 한 사람이었던 안라쿠

안사쿠덴(安楽庵策伝, 스님, 1554~1642)이 정리한 『세이스이쇼(醒睡笑)』(전 8권)에 현대의 오치(落ち), 라쿠고의 끝마무리로 하는 우스갯소리에 해당하는 부분이 포함되어 있어서 이것을 라쿠고의 원형으로 본다는 설이 유력하다. '라쿠고'라는 말은 쇼와에 들어와서 정착이 되었다고 보는 의견이 지배적이다.

라쿠고는 2차 세계대전 이전의 것은 고전라쿠고(古伝落語), 그 이후의 것을 신작라쿠고(新作落語)로 구분하고, 도쿄를 중심으로 한 간토(関東)무대에 주로 올려지는 것을 에도라쿠고(江戸落語), 오사카와 교토 등을 중심으로 활동하는 것을 가미가타라쿠고(上方落語)라 한다.

라쿠고 협회가 있어서 라쿠고가(家)를 길러내고 있는데, 미나라이(見習い), 젠자(前座), 후타츠메(二つ目), 신우치(真打ち)로 등급이 있고, 오사카에는 등급 제도가 없다고 한다. 보통 입문해서 5년이 지나면 후타츠메가 되고, 15년이 되면 신우치로 승진한다.

젠자는 공연을 준비하는 대기실 등에서 자기 스승의 잔심부름을 하기도 하고 피리, 북 같은 악기를 연주하는 게자(下座) 역할을 한다. 생활은 스승이 책임을 진다. 후타츠메가 되면 스승으로부터 독립을 하며 연주가인 데바야시(でばやし)가 딸려, 한 사람의 라쿠고가로 인정을 받게 된다. 신우치는 라쿠고가의 최고 위치를 말하는 호칭으로 공연에서도 마지막에 나온다. 매년 두세 사람이 신우치가 되며, 승진은 협회 간부

와 공연장 경영자가 협의를 하여 정한다.

이 때 주로 먼저 시작한 사람이 먼저 승진하는 연공 서열제가 지켜지고 있는데, 최근 유명한 라쿠고가가 36명이나 제치고 먼저 신우치가 되는 이변도 있었다. 또한 1년에 10명을 신우치로 승진시키기도 하여, 신우치를 너무 많이 배출한다는 비판의 목소리도 만만치 않다. 신우치 제도가 없는 가미가타라쿠고(上方落語, 오사카 지방의 실력 본위 라쿠고)가 활기를 띠는 것을 보고, 도쿄의 라쿠고도 '이름보다는 알맹이'라는 시대를 맞이하게 될 것이라는 전망이다." (네이버 사전 참조)

간단하게 말하면 라쿠로라는 것은 한사람이 무대 위에 앉아서 재밌게 이야기를 하는 방식인데요. 정말 재미있답니다. 개인적으로 저는 이 공연을 참 좋아해서 일 년에 네 번은 보러 가려고 합니다.
라쿠고를 공연하는 곳을 '요세(寄席)'라고 부릅니다. 도쿄에서는 공식적으로 4개가 있고 전국 곳곳에 위치해 있어요! 도쿄에서는 아사쿠사, 신주쿠 3초메, 이케부쿠로, 시부야 등 공식적으로 가장 유명한 곳은 위 4개인데요. 저는 주로 신주쿠 3초메에서 관람했습니다.

입장권은 보통 3000엔이고 공연시간은 4시간 정도입니다. (학생, 고령자 2500엔) 공연하는 도중에 음료수를 마시거나 자기도 하고 출입도 자유로운 편입니다. 요즘엔 오사카 쪽 공연이 인기가 있다고 합니다.

신주쿠 3초메인 경우에는 젊은 라쿠고가를 위해서 토요일 밤에는 입장료 500엔, 1시간 반짜리 공연을 열기도 한답니다.

실제로 제가 촬영한 라쿠고가 중에 한 사람인데요. 원래는 라쿠고를 하고 있는 동안 사진, 동영상 촬영 금지인데 이 분이 홍보를 위해서 SNS에 올려달라고 직접 부탁하셔서 우연히 촬영할 수 있었답니다.

라쿠고는 사진으로 보듯이 바닥에 방석을 놓고 앉아서 이야기를 하는 방식입니다. 라쿠고 관련 영화나 드라마도 많이 있으니 그런 것들을 보시면 라쿠고를 이해하는데 도움이 될 것입니다. 저도 한동안 라쿠고에 빠져서 공연마다 따라다녀서 일본에서 뜨고 있는 라쿠고가 슌푸데이 쇼우(春風亭 昇羊)와 사진을 찍을 수 있는 기회가 있었습니다.

라쿠고 관련 드라마

〈타이거 & 드래곤〉이라는 드라마는 한 야쿠자가 라쿠고를 배우면서 일어나는 에피소드를 그린 드라마입니다. 드라마로서도, 내용적으로도 일본의 문화를 배울 수 있는 드라마입니다.

제가 한동안 빠져있었던 라쿠고가는 슌푸데이 쇼우(春風亭 昇羊, しゅん ぷうてい しょうよう)라는 젊은 라쿠고가 입니다. 젊은 라쿠고가의 이야기 는 외국인들이 그나마 이해하기 쉽습니다.

라쿠고하는 사람들 중에는 나이 드신 분들도 있고, 젊은 사람들도 있 는데 나이 드신 라쿠고가의 공연은 옛날 시대 이야기가 많아서 외국인 인 제가 알지 못하는 일본어가 수두룩합니다. 라쿠고 공연 4시간 동안 깜빡 졸기도 하지요. 늘 재미있는 게 아니라 지루한 공연도 있기 마련 인데 이 젊은 라쿠고가가 4시간 내내 너무 재미있어서 이분 공연이 있 으면 꼭 보러가려고 한답니다.

도쿄에서는 아사쿠사, 신주쿠, 이케부쿠로, 니혼바시, 그리고 오사카에 있는 라쿠고도 다녀와 봤는데, 생각보다 재미있고 어렵지 않았습니다. 하지만 역시 에도시대(우리나라의 조선시대) 말투 같은 것이 나오면 이해 가 안 되서 잠 들기도 합니다. 예전보다는 보는 사람이 많이 줄어서 라 쿠고관도 줄어가는 추세라고 합니다.

참고로 제가 일본에서 가서 딱 하나 못 해본 것이 있는데 그것은 바로 다카라즈카(가극) 관람하는 것입니다. '다카라즈카'는 일본의 문화 중 하나로 여성 뮤지컬 극단입니다. 한큐 전철의 창립자인 고바야시 이치조가 1913년 7월에 창단을 했는데 오로지 여성으로만 이루어져 있습니다. 일본 예술인 가부키, 민요는 남자로만 구성되어있는데 다카라즈카는 여성으로만 이루어졌다는 것이 하나의 특징입니다. 마니아층이 많아서 예약하기가 꽤 힘듭니다. 일본 문화 체험의 하나로 꼭 관람해보고 싶어서 일본인 친구랑 같이 컴퓨터 3대를 놓고 예약하려고 했으나 실패했습니다. 그 후로도 1년 동안 3번이나 시도했지만 결국 예약을 하지 못했지요.

일본 생활편

금권숍 추천

금권숍은 보통 金券ショップ (きんけんしょっぷ 킨켄쇼푸)로 읽습니다.

우선 금권숍이란 무엇일까요? 여기서 금권이란, 표나 유가증권, 각종 티켓 등을 의미합니다. 즉 금권숍이란 티켓, 표와 같은 것을 판매하는 장소라고 생각하시면 됩니다.

한국으로 이야기하자면, 백화점 앞에 있는 상품권 리셀러, 티켓 리셀러 같은 종류의 비즈니스 서비스라고 생각하시면 됩니다. 우리나라는 백화점 앞에서 많이 볼 수 있는데 일본에서는 큰 기차역 주변에서 많이 있습니다.

저는 도쿄에 거주하였기 때문에 신주쿠에 있는 금권숍을 주로 이용했습니다. 신주쿠 쪽에 티켓을 싸게 할인해주는 금권숍이 많이 있습니다. 금권숍에서는 신칸센(일본판 ktx), 후지큐 하이랜드 티켓과 디즈니랜드와 디즈니씨 티켓, 영화 티켓, 심지어 맥도널드 기프티콘, 그리고 어떤 곳은 환전까지 해주는 가게도 있답니다.

오늘 제가 소개해드릴 곳은 신주쿠 서쪽(니시) 출구에 있는 금권숍들인데요. 신주쿠 JR 서쪽 출구(1층)로 나와서 오른쪽으로 3분 정도만 걸으면 큰 유니클로가 보입니다. 유니클로 옆으로 가면 금권숍이 5~6개 정도 보이는데요. 가게에 따라서 티켓 가격도 다르니까 가격을 물어보고 제일 싼 곳에서 구입하는 것이 제일 합리적입니다.

다양한 티켓들을 시중가 보다 훨씬 싸게 팔고 있는데요. 제가 본 곳에서는 후지큐 하이랜드 티켓이 6500엔보다 2100엔 싼

5400엔에 팔기도 하고, 영화티켓은 극장에서 구입하면 2000엔 인데 금권숍에서 사면 1300엔에 구입할 수 있습니다. 선물 받거나 자기에게 필요 없는 티켓들을 금권숍에서 현금으로 바꾸고, 금권숍은 그것을 다른 사람에게 싸게 중개해 주는 시스템이라고 합니다.

혹시라도 일본 엔화가 떨어져서 한국 돈이나 달러 등 외국 돈을 환전할 때도 금권숍이 은행보다 수수료를 적게 떼기 때문에, 아무리 급해도 환전은 일본 은행에서 하지 마시고 금권숍에서 하시길 추천드립니다. 저는 예전에 환율이 1100원이었을 때 600원 정도에 환전한 적도 있습니다.

일본의 기차 신칸센도 티켓이 비싸지만, 금권숍에서 구입하면 조금이라고 더 할인이 된답니다. 표는 역이나 열차의 등급에 따라 다르지만, 신칸센 같은 경우는 교환권을 줘서 역 창구에서 교환하는 경우도 있습니다. 다만, 금권숍에서 구입한 티켓은 환불이 불가능하니 신중히 구매하시기 바랍니다.

금권샵에서 샀던 티켓으로 갔었던 "후지큐 하이랜드"

일본에서 제일 무서운 놀이동산은 '후지큐 하이랜드'입니다. 우리나라 방송 '런닝맨'에서 방송인 유재석씨가 갔던 전율미궁(귀신의 집)으로도 유명한 곳입니다.

저는 롤러코스터나 바이킹은 '호호호' 웃으면서 타는 사람입니다. 그런데 처음 후지큐 하이랜드에 가서 '에에자나이카'라는 놀이기구를 타고는 이렇게 무서운 놀이기구도 있구나 하고 충격을 받았던 기억이 있습니다.

도쿄에 거주하기 전에 친오빠의 강력 추천을 받고 갔었는데 도쿄 여행지 중에서 후지큐 하이랜드가 제일 재밌고 기억에 남습니다. 그래서 일본에 거주하는 동안 4번이나 갔다 왔습니다. 무서운 놀이기구를 좋아하시는 분이라면 저는 이곳을 추천합니다.

휴지큐 하이랜드는 기네스북에도 등재되어있습니다.
1. 도도돈파 : 세계에서 가장 빠른 롤러코스터. (1.8초당 172km)
2. 타카비샤 : 세계에서 가장 세계에서 가장 많이 꺾이는 롤러코스터. (120도)

3. 에에자나이카 : 세계에서 가장 많이 회전하는 롤러코스터.

　(14회)

4. 후지야마 : 세계에서 가장 높고(79m) 가장 긴 롤러코스터. (3

　분30초)

- 바람에 영향을 많이 받아서 바람 부는 날은 타기 힘들어요.

세 번 갔지만 세 번 다 바람이 많이 불어서 타지 못했답니다.

5. 전율미궁 : 세상에서 가장 긴 귀신의 집. 런닝맨에 등장했어요.

- 1999년부터 여러 번의 리뉴얼을 실시하였기 때문에, 이 글이

쓰인 시점의 전율미궁과 실제는 차이가 있을 수 있습니다.

慈急総合病院(자급종합병원)이라는 가상의 병원을 모티브로 한

귀신의 집으로서, 보통 귀신의 집이 10분, 길어야 15분이면 끝나

는 데 반해 이곳은 최소 소요시간 약 50분, 보행거리 약 900미터

라는 길이를 자랑하므로, 일반적인 귀신의 집을 생각하고 입장했

다가는 도중에 포기하기 딱 좋다고 합니다. 후지큐의 프리패스 티

켓으로는 입장이 불가능하며 500엔으로 추가 티켓을 구매해야

합니다.

　때에 따라 다르지만 기본 2시간은 기다려야 하는 곳이기에 롤

러코스터보다 전율미궁을 우선해서 입장하고 싶다면, 프리패스보

다 '입장권 + 전율미궁 입장 티켓'을 사는 편이 이득입니다. (네이버

사전 참조.) 중간중간 나갈 수 있는 문도 있어서 무섭다고 느껴진다

면 무리하지 말고 중도 퇴실해도 됩니다.

일단 놀이동산에 입장해서 제가 언급한 기네스북에 등재된 5
개의 놀이기구만 타도 후지큐 하이랜드에서 타볼 것은 다 타보신
것입니다. 저 5개 놀이기구가 핵심인데, 무엇을 타시든 상상을 뛰
어 넘을 겁니다.

인터넷을 통해서 버스 왕복권과 후지큐 프리패스가 결합된 Q
티켓을 구입해서 가시는 것이 가장 저렴합니다. 위에 언급한 금권
숍에서도 저렴한 가격에 구매가 가능합니다. 만약 인터넷에서 구
입 못하셨다면 도쿄 신주쿠 판매처에서도 구입 가능합니다.

<예시>
1. 한국 인터넷 사이트에서 Q티켓 구입.
2. 현지 왕복 버스 예약. (시간은 본인이 설정)
3. 신주쿠 버스 터미널에서 왕복 버스티켓 교환.
4. 후지큐 하이랜드 도착.
5. 후지큐 매표소에서 자유이용권 교환.
6. 관람 후 버스타고 신주쿠로 돌아가기.

택배 – 클릭 포스트 (クリップポスト) 이용방법

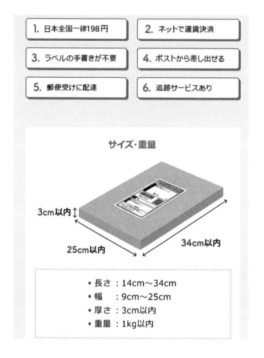

1. 日本全国一律198円	2. ネットで運賃決済
3. ラベルの手書きが不要	4. ポストから差し出せる
5. 郵便受けに配達	6. 追跡サービスあり

サイズ・重量

3cm以内

25cm以内　34cm以内

- 長さ : 14cm~34cm
- 幅 : 9cm~25cm
- 厚さ : 3cm以内
- 重量 : 1kg以内

[책 같은 얇은 택배 이용 팁]

일본 택배는 한국과 비교하면 매우 비싼 편입니다. 같은 도쿄 내에서도 기본이 한국 돈 6천 원이 넘습니다. 타지역으로 보낼 때 는 만원이 훌쩍 넘어갑니다. 저는 일본에 거주할 때 일본에 거주 하는 한국인들을 대상으로 제가 가지고 있는 물건을 무료로 나눠 주는 드림을 종종 했었습니다. 그때 드림 받았던 분이 클릭 포스 트(クリップポスト)라는 택배방법을 알려주셨어요. 일본 사람들도 잘 모르는 사람이 많아서 10%정도의 사람들만 이용한다고 합니다.

- 장점
우체국에 가지 않아도 되기 때문에 시간이 없는 직장인들이나, 우체국이 멀 리 있는 사람들에게 좋다.

- 단점
라벨을 직접 인쇄해야한다.

클릭 포스트 전국일괄 198엔! (2021년 4월 10일 기준)

인터넷으로 신청하고 신용카드 결제 후 라벨을 인쇄해서 붙인 다음, 우체통에 넣으면 됩니다. 송장번호도 있어 물건 추적도 가능 하고 크기는 34*25*3(두께)cm 이하, 무게는 1kg 까지 가능합니다.

클릭 포스트(クリップポスト) 이용방법 순서

1. 야후 아이디로 로그인. 이용자 이름과 주소 등록.

2. 받는 사람 주소 이름 등록.

3. 신용카드 결제.

4. 라벨 인쇄. (흑백 가능.)

5. 택배에 붙인 후 우체통에 넣기. (우체국 창구 아님.)

주의) 결제 후 일주일 안에 붙여야 돼요. (마감 날짜 적혀있어요.)

인터넷 주소 첨부해요!

https://clickpost.jp/

두께 3cm, 무게 1kg 이하의 물건을 보낼 때는 참고해주세요!

일본 택배는 기본 550엔 이상부터 시작해요. (거리, 크기, 무기에 따라 가격이

달라집니다.)

일본 잡지 부록

일본의 잡지 부록은 외국에서도 유명합니다. 특히 중국, 한국에서도 인기가 많습니다. 일본은 잡지 부록의 금액에 한도가 없기 때문에 돈에 구애받지 않고 질이 좋은 독특한 부록들을 넣을 수 있습니다.

제가 일본에 사는 동안 가장 기억에 남는 잡지 부록은 일본에서도 전국 품절 현상이 일어났던 2017년 11월 오기 잡지의 구찌 수첩입니다. 850엔짜리 Oggi 잡지에 구찌의 직인이 찍힌 수첩을 준다고 해서 인터넷뿐만 아니라 전국의 서점에서도 품절현상이 일어났습니다. 저 또한 도쿄에서는 살 수가 없어서 도쿄 근처에 있는 지방 사이타마 서점까지 가서 6권을 산 적이 있습니다. 인기가 너무 많아서 독자들의 요청에 결국 재발매를 했는데도 불구하고 또 다시 품절이 되었던 수첩입니다.

저는 3권은 선물하고 3권은 친한 중국인 친구가, 중국 사람들에게 팔 거라며 자기가 사겠다고 해서 3권에 9천 엔(한화 9만 원)을

받고 판매한 적이 있습니다. 친구의 말에 의하면 중국에서는 한 권에 5만 원 정도에 팔렸다고 해요.

또한, 2018년 1월 모노맥스라는 잡지에서 제공한 부록인 코치 만년필, 볼펜 세트도 매우 인기가 많아서 전국 품절을 일으켰어 요. 구성은 펜 케이스, 만년필, 볼펜, 만년필 잉크 2개였습니다.

2018년 8월 슈프로의 부록인 펜디 노트의 인기도 대단했어요. 주로 명품과 콜라보 하는 경우가 많은데, 최근에 판매된 구찌 수 첩이 부록으로 나온 일본 잡지는 되파는 재미가 매우 쏠쏠합니 다. 특히 일본 잡지 부록은 중국인들이 사재기하는 현상이 많이 일어나서 문제가 일어나기도 해요.

저도 일본에 사는 동안 마음에 드는 잡지 부록이 있으면 3개 정도 구입해서 하나는 제가 쓰고, 나머지는 엄마와 친구에게 주 었어요. 얼마 전에도 Can Cam이라는 잡지 2021년 3월호에서 구 찌와 도라에몽이 콜라보하면서, 일본 전국에서 품귀 현상을 일으 켰었습니다. 다행히 한국에서 사전 예약으로 구입할 수 있었기 때 문에 저도 알라딘을 통해서 5권을 구입했습니다.

제가 지금까지도 잘 사용하는 부록은 2018년 2월호 부록 딘 앤델루카 블랙 에코백, 질스튜어트 에코백 그리고 아졸리백입니 다. 여름용 가방으로 샀는데 아직까지도 잘 사용하고 있을 정도로 실용적입니다.

일본에 살 때, 잡지의 부록 모으는 것이 저의 즐거움 중 하나였답니다. 일본에 거주하신 다면 레스포삭 에코백, 아졸리 백, 루크 르제 보온백 등 정말 다양한 부록을 만나볼 수 있어요. 인기가 많은 부록은 바로 품절되니 라쿠텐이나 아마존 재팬에서 사전 예약하는 걸 추천합니다.

　혹시라도 여행으로 일본을 가게 되면 라쿠텐 또는 아마존 재팬에서 자신이 묵을 호텔로 본인이 원하는 잡지를 미리 주문해놓으면 프런트에서 받아 놓는 서비스도 가능하니 꼭 이용해보시기 바랍니다. 한국에서는 알라딘과 인터파크에서 예약 판매로 구입할 수 있답니다!

의외로 한국 사람은 잘 안 먹거나 생소한 일본 식재료

저의 주관적인 의견과 일본에서 사는 한국인들에게 물어보아 작성한 글이니 재미로 읽어주세요!

일단 정리하자면 총15가지가 있습니다.

*( )는 일본어 발음

1. 곤약 (곤야크)

2. 아보카도 (아보카도)

3. 참마 (나가이모)

4. 가다랑어포 (가쓰오부시)

5. 오크라 (오크라)

6. 서양배 (페어)

7. 명란젓 스파게티 (타라코 스파게티)

8. 소금으로 절인 매실 (우메보시)

9. 나메코 (나메코)

10. 여주 (고야)

11. 고수 (팍치)

12. 소 혀 (규탄)

13. 일본깻잎 (시소)

14. 고추냉이 (와사비)

15. 양하 (묘가)

1. 곤약 (곤야크)

일본에서는 곤약을 어묵(오뎅)탕에 넣거나, 반찬으로 볶아먹거나, 일본식 된장국에 넣어서도 많이 먹습니다. 일본인들이 곤약을 좋아하기 때문에 곤약 젤리, 곤약 주스 등 곤약에 관련된 음료와 음식들이 많고, 슈퍼에서도 쉽게 구입할 수 있어요.

2. 아보카도

아보카도는 일본 사람들이 정말 좋아하는데요. 샐러드에도 많이 이용하고, 참치회와도 궁합이 좋아서 회와 같이 먹기도 합니다. 덮밥위에 올려서 먹기도 해요.

3. 마

저도 마 요리를 참 좋아하는데요. 마를 굽거나, 튀겨서 밥반찬으로 먹기도 하고 마를 갈아서 밥 위에 올려서 먹기도 합니다.

4. 가다랑어포 (가쓰오부시)

한국에서 가쓰오부시는 흔히들 오코노미야끼(부침요리)나 타코야끼 위에 뿌려먹는 생선가루라고 알고 있는데요. 실제로는 주먹밥에 넣어서 먹기도 하고, 다시국물 우려낼 때도 사용합니다.

5. 오크라

한국에서는 본적이 없는데 일본에서는 술집, 일반 가정집에서도 요리에 많이 쓰입니다. 씹으면 입에서 끈적끈적한 액체가 나오는데 익숙하지 않은 한국 분들은 그런 느낌을 싫어해요. 그런데 먹다보면 계속 당기는 맛이 있습니다.

6. 서양배

일본에서 서양배로 불리는 배인데 한국에서는 아직 많이 알려지지 않았어요.

7. 명란젓이 곁들어진 요리

일본인들은 명란젓으로 만든 요리를 엄청 좋아하는데요. 대표적인 것으로 명란젓 오챠즈케, 명란젓 스파게티, 명란젓 계란말이 등 명란젓을 곁들인 요리가 참 많답니다. 한국에서는 젓갈로 많이 먹지만 명란젓을 곁들인 요리가 알려진 건 최근이네요!

8. 소금으로 절인 매실(우메보시)

한국에서는 매실을 설탕에 담가 먹는다면 일본에서는 소금에 절여 먹어요. 저는 개인적으로 불호입니다만 우메보시는 정말 빠지지 않는 반찬인 것 같아요. 도시락 위에도 올려먹고, 우메보시 오챠즈케(차 우린 물 밥을 담근 일본 요리), 우메보시 주먹밥도 종종 등장합니다.

9. 나메코

나메코라는 버섯인데요. 일본 된장국에 많이 등장하는 식재료인데 한국말로는 없는 것 같아요. 끈적끈적한 식감으로 유명하답니다.

10. 여주(고야)

여주는 오키나와에서 많이 먹는 요리인데요. 쓴맛이 너무 심해서 조리법이 까다로워요. 진짜 요리 잘하는 사람은 쓴맛이 안 나게 요리한다는데 쓴맛이 안 나게끔 맛있게 조리한 음식은 아직까지 먹어보지 못했어요. 건강에는 정말 좋다고 해요. 일본인에게도 호불호가 강한 음식이랍니다.

11. 고수(팍치)

한국 사람 90%가 먹지 못한다는 고수풀. 동남아시아의 향신료도 많이 알려져 있는데요. 일본 여성분들은 정말 좋아해요. 심지어 고수 전문점 가게가 있을 정도로 마니아이들 많습니다.

12. 소 혀(규탄)

한국에서는 많이 알려지지 않았어요. 개인적으로는 좋아하는 요리인데 왜 한국에서는 아직 생소한지 모르겠습니다. 소 혀 요리를 맛보시면 다들 빠져드실 거예요. 일본에 오시면 꼭 맛보셨으면 좋겠습니다.

13. 시소(일본깻잎)

한국 깻잎과 매우 다르게 향신료 맛이 아주 강합니다. 진액으로 만들어서 탄산수에 섞어먹기도 하고, 주먹밥과 여러 가지 음식 위에 올리기도 하는데 개인적으로는 입에 맞지 않는 식재료입니다. 처음에 한국의 깻잎 생각하고 먹었다가 놀라신 한국 분들이 많다고 합니다.

14. 고추냉이(와사비)

와사비의 나라답게 많은 음식에 와사비를 사용하는데요. 갈아서 먹으면 정말 맛있었어요. 밥반찬으로도 많이들 먹는답니다.

15. 양하(묘가)

이것도 한국에 생소한 식재료인데 생강과의 식물입니다. 절임 요리로 많이 쓰입니다.

일본은 한국과 가까운 나라이지만 식재료는 은근히 다른 거 같아요. 과일 맛, 설탕 맛도 약간씩 다릅니다. 예를 들어 일본 배추로 김치를 만들면 물이 많이 생겨요. 슈퍼에서 흑설탕을 찾아보기 힘든 것도 특이했어요! 지리적으로 가깝지만 날씨나 토양 등이 다르기 때문에 사용하는 식재료들나 그 맛들도 조금씩 다릅니다.

추가 참고 사항

비자 발급받기, 연장하기

비자는 워킹홀리데이 비자, 일본 배우자 비자, 거주하고 있는 사람의 배우자 비자, 취업 비자, 유학 비자 등 여러 가지 종류가 있습니다. 이번 장에서는 제가 신청했었던 유학 비자, 일본 거주자 (일본 국적이 아닌) 배우자 비자, 취업 비자 등에 대해서 안내해드리겠습니다.

저는 일본에 거주한 6년 동안 총 5번의 비자를 바꿨습니다.

유학비자(일본어학교) → 배우자 비자 → 유학 비자(대학원) → 취업 비자 → 취업비자 연장

저는 일 년에 한 번씩 비자를 연장했는데요. 일본은 비자 나오기까지의 과정이 정말 까다로워요. 일본어학교 같은 경우에는 비자를 학교에서 대리로 신청해 주는 경우가 있습니다. 그리고 메이저급 대기업 같은 경우에는 대리로 비자 신청을 해줍니다. 하지만 유학생이나 일반 기업 종사자 같은 경우에는 본인이 직접 비자를 신청해야 합니다.

처음에 일본어학교에서 유학 비자를 발급받았을 때는 통장에 4천만 원 이상이 있어야만 발급받을 수 있었답니다. 또한 비자를 신청했다고 해서 모든 사람이 다 비자가 나오는 것이 아니고 아주 가끔씩 떨어지는 사람들도 있습니다. 친했던 한국인 언니는 학교 다닐 때 비자가 안 나와서 휴학한 경우도 있었습니다.

1) 유학비자

처음에 비자를 신청할 때는 어학교에 선고료를 납입하고, 일본 유학비자 신청서류를 준비해서 제출일까지 내면 됩니다. 제출일로부터 최근 1개월 이내의 서류만 가능합니다.

* 유학생 신청인 서류
- 대학교 졸업증명서와 성적증명서
- 재직증명서

- 건강보험 자격득실 확인서(직장가입자 부분)
- 본인 기본 증명서, 가족관계증명서
- 부모님 중 한 분의 가족관계증명서 (기혼자 제외)
- 반명함 사진 10매
- 여권 사본

* 보증인 서류
- 재직증명서
- 소득금액 증명원(세무서에서 발급 가능합니다.)
- 은행 잔고 증명서(제가 신청했던 비자의 경우에는 4천만 원 이상의 잔고 증명을
  원했습니다.)

처음에 비자 신청할 때는 구비 서류가 많아요. 하지만 거주하면서 계속 연장하는 경우에는 구비서류가 간소화됩니다. 은행 잔고 증명서가 필요하지 않습니다.

2) 배우자 비자

저는 한국인 커플이기 때문에(한국 국적의 남편과 결혼) 일본 국적의 배우자를 가진 분과는 비자 신청 과정이 다릅니다.

* 일본에 거주하는 배우자 비자 구비서류

- 배우자 구비서류

일본 회사의 재직증명서 or 유학생이라면 재학 증명서

일본 회사의 급여소득 원친 징수표 (회사발급) or 유학생이라면 납입증명서

일본 주민표

배우자의 재류카드 앞뒷면의 복사본

여권 복사

과세, 납세 증명서

- 배우자 비자를 받을 분의 구비서류

본인의 여권

재류카드용 사진 1장

본인 갱신 전 재류카드 등.

취업 비자 연장 시

1. 신청서 (회사대표사인, 직인)

2. 6개월 이내 찍은 사진 (이전의 비자 사진과 동일하면 거절당함. 새로 찍은 사진!)

3. 급여소득의 원천징수 등의 법정조서합계표 法定調書合計表 (コピ)

4. 재직증명서

5. 여권

6. 재류카드

7. 주민세 납세증명서

이렇게 서류를 준비해 가면 추가로 요구하는 서류에 대한 안내서를 받은 후 집에서 동봉해 부치고 비자 발급을 기다리면 됩니다. 담당자에 따라서 추가로 요구하는 서류가 다를 수도 있는데 저는 최근 3개월간의 급여명세서를 요구받아서 추가로 우편으로 부쳐줬답니다.

운이 좋으면 추가로 요구하는 서류만 우편으로 부쳐주고 끝나는 경우도 있지만 제대로 서류를 준비하지 않은 경우, 입국 관리소에 다시 찾아가야 하는 슬픈 일이 생기기 때문에 웬만하면 서류를 꼼꼼하게 준비해서 가길 바랍니다.

비자를 신청할 때 '자격 외 활동 허가서'를 신청하면 일주일에 28시간까지 일할 수 있습니다. 자격 외 활동 허가서를 신청하지 않으면 아르바이트를 하게 될 경우, 다시 입국 관리소에 가서서 따로 신청을 해야 하니, 웬만하면 비자를 신청할 때 자격 외 활동 허가서를 같이 받아놓는 것이 편합니다. 저 같은 경우에는 아르바이트 할 생각이 없어서 취업 비자 신청할 때 자격 외 활동 허가서를 신청하지 않았는데 중간에 신청하려고 하니 매우 번거로웠습니다.

타치카와 출장소 추천- 출장소

2017년 2월에 시나가와에서 비자 발급을 받으려고 했으나, 서류가 부족해서 다시 준비해 도쿄 입국 관리국 타치카와 출장소라

는 곳으로 비자 발급을 하러 갔어요. 그 당시에 사람이 저를 포함해 5명이 있었는데, 9시 50분에 도착해서 9시 57분에 접수를 끝내고 10시 1분에 출장소에서 나올 수 있었어요. 시나가와에서 비자를 발급 받으려면 기본 3~5시간 기다렸는데 기분이 좋았답니다. 그다음부터는 타치카와 출장소에서만 비자를 받았습니다.

다만 타치카와는 도쿄도 주민과 야마나시, 요코하마 등에 거주하는 분들만 이용이 가능한 것으로 알고 있으니, 거주하는 곳의 출장소를 찾아보길 권합니다. 단, 위치가 매우 애매해서 출장소까지 많이 걸어야 합니다. 역에서 출장소까지 가는 버스가 30분에 한 대밖에 없어서 걸어갔는데 왕복 1만 3천보를 걸었던 적이 있어요.

한국 운전면허증
일본 운전면허증으로 바꾸기

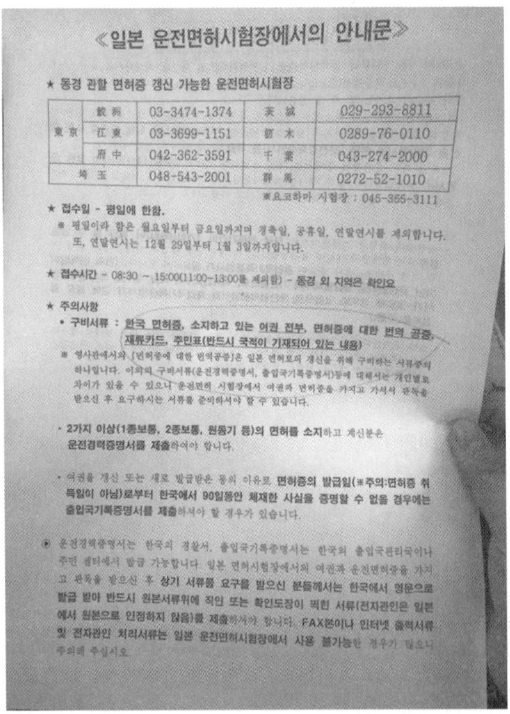

《일본 운전면허시험장에서의 안내문》

★ 동경 관할 면허증 갱신 가능한 운전면허시험장

東京	鮫洲	03-3474-1374	茨城	029-293-8811
	江東	03-3699-1151	栃木	0289-76-0110
	府中	042-362-3591	千葉	043-274-2000
埼玉		048-543-2001	群馬	0272-52-1010

※요코하마 시험장 : 045-365-3111

★ 접수일 - 평일에 한함.

※ 평일이라 함은 월요일부터 금요일까지며 경축일, 공휴일, 연말연시를 제외합니다. 또, 연말연시는 12월 29일부터 1월 3일까지입니다.

★ 접수시간 - 08:30 ~ 15:00(11:00~13:00를 제외함) - 동경 외 지역은 확인요

★ 주의사항

• 구비서류 : 한국 면허증, 소지하고 있는 여권 전부, 면허증에 대한 번역 공증, 재류카드, 주민표(반드시 국적이 기재되어 있는 내용)

※ 영사관에서의 [면허증에 대한 번역공증]은 일본 면허로의 갱신을 위해 구비하는 서류중의 하나입니다. 이외의 구비서류(운전경력증명서, 출입국기록증명서)등에 대해서는 개인별로 차이가 있을 수 있으니 운전면허 시험장에서 여권과 면허증을 가지고 가셔서 판독을 받으신 후 요구하시는 서류를 준비하셔야 할 수 있습니다.

· 2가지 이상(1종보통, 2종보통, 원동기 등)의 면허를 소지하고 계신분은 운전경력증명서를 제출하여야 합니다.

· 여권을 갱신 또는 새로 발급받은 등의 이유로 면허증의 발급일(※주의:면허증 취득일이 아님)로부터 한국에서 90일동안 체재한 사실을 증명할 수 없을 경우에는 출입국기록증명서를 제출하셔야 할 경우가 있습니다.

⊙ 운전경력증명서는 한국의 경찰서, 출입국기록증명서는 한국의 출입국관리국이나 주민 센터에서 발급 가능합니다. 일본 면허시험장에서의 여권과 운전면허증을 가지고 판독을 받으신 후 상기 서류를 요구를 받으신 분들께서는 한국에서 영문으로 발급 받아 반드시 원본서류위에 직인 또는 확인도장이 찍힌 서류(전자관인은 일본에서 원본으로 인정하지 않음)를 제출하셔야 합니다. FAX본이나 인터넷 출력서류 및 전자관인 처리서류는 일본 운전면허시험장에서 사용 불가능한 경우가 많으니 주의해 주십시오.

참고 : 운전면허 바꿀 때 후추 운전면허장에서 받은 서류

일본에서 운전을 하기 위해서는 3가지 방법이 있는데요.

첫 번째, 일본에서 운전면허 취득하는 방법
두 번째, 기존에 가지고 있던 한국 운전면허를 국제운전면허증
　　으로 갱신한 뒤 운전하는 방법
세 번째, 한국 운전면허를 일본 운전면허로 갱신하는 방법이
　　있습니다.

첫 번째 경우는 추천하지 않습니다. 일본에서는 운전면허 취득
이 어렵고, 취득하는 금액을 플랜에 따라 30만~40만 엔의 금액
을 지불해야 하며, 심지어 신용카드는 사용할 수 없습니다. 저는
다행히 한국운전면허증을 가지고 있었기 때문에 한국운전을 일
본 면허로 바꾸는 방법을 택했습니다.

일본 운전면허증으로 바꾸기 위해 필요한 서류

1. 한국 운전면허증
2. 소지하고 있는 여권 (만약 갱신했으면 갱신 전의 여권도 필요합니다.)
3. 한국 면허증에 대한 번역 공증 (한국 영사관에서 공증해줍니다. 번역은 본인
   이 해가면 됩니다.)
4. 외국인 아이디카드인 재류카드
5. 주민표 (우리나라로 치면 주민등록등본. 국적이 반드시 기재되어 있어야 합니
   다.)

그 외에도 저는 증명사진, 인감이 필요하다고 해서 챙겨갔습니다.

도쿄에는 3곳에 면허장이 있는데요. 저는 저희 집에서 40분 정도 걸리는 '후추 운전면허장'으로 갔어요. 2017년 7월에 신청했는데, 일본의 방학 기간이라 그런지 운전면허를 따려고 온 대학생들로 엄청 북적거렸습니다. 접수 시간은 오전 8시 30분부터 11시까지, 오후 13시부터 15시까지입니다.

일본은 무엇을 하든 시간이 많이 걸리기 때문에 저는 접수 개시시간인 8시 30분에 맞춰서 운전면허장에 가서 기다렸습니다. 필요한 서류를 내고 수수료 4,080엔을 낸 뒤 시력 검사를 해야 한다고 해서 시력 검사를 받았어요. 시력 검사(적성검사)가 있는 줄 모르고 안경, 렌즈를 안 끼고 가서 떨어질 뻔했습니다. 재검사, 시야검사까지 한 후에 겨우 합격했어요. 참고로 안경을 끼고 검사를 하여 면허증을 발급 받은 경우에, 안경을 끼지 않고 운전을 하면 교통법 위반이 됩니다.

그리고 운전면허장에서 즉석 사진촬영을 하고 그 사진으로 운전면허증을 받았어요!! 저는 제출한 증명사진으로 만들어주는 줄 알았는데 증명사진은 서류에 필요해서 제출하는 거였습니다. 화장을 안 한 채로 사진을 찍어서 친구에게 불만을 이야기하니 증명사진을 제출하면 즉석사진 말고 원하는 증명사진으로 운전면허증을 받을 수 있다고 합니다.

귀국편

참고사이트 https://origami-book.jp/column/course-jp/10188

일본에서 귀국할 때 해야 할 것

1) 주민등록 전출 신고

일본에 사는 중장기 체류자가 재입국 예정이 없는 귀국을 할 때는 거주지의 구약소·시약소·출장소에 전출 신고를 합니다. 본인이 신고할 경우 인감이 필요하고 재류카드(또는 특별 영주자 증명서), 여권 등의 신분증을 가지고 사무소에서 수속을 합니다. 신고 기간은 각 지역에 따라 다소 다르지만 전출하는 날의 약 2주 전부터 제출 가능합니다. 전출계의 제출은 연금과 국민건강보험의 탈퇴 절차에 관여하므로 먼저 수속합시다. 귀국 전에 전출 신고를 하는 것이 매우 중요하고, 이것을 잊어버리면 일본을 떠난 후에도 국민건강보험 청구가 오고, 연금 탈퇴 일시금의 청구가 통하지 않는 등의 불편함이 발생할 수 있습니다.

다른 도시와 일본 국외로 이사. 주민표의 주소 변경 수속 【전출 신고 편】

2) 연금에 관한 절차(가입되어 있는 사람만)

연금에 관한 절차는 자신이 사회보장협정의 대상이 되는지 여부에 따라 절차의 선택이 달라집니다.

사회보장협정의 대상자

첫째, 사회보장협정에 의해 일본의 연금 제도의 가입이 면제되는 사람의 경우에는 특별히 절차가 없습니다. 사회보장협정 대상자 중 일본의 연금에만 가입하고 있는 사람은 협정에 따라 미래 가입 기간을 통산하거나 일본의 연금에서 탈퇴 절차를 밟아 탈퇴 일시금을 청구할지 선택할 수 있습니다. 그러나 탈퇴 일시금은 지불한 보험료의 일부에만 해당하지 않는 데다 탈퇴해 버리면 미래 자국의 연금 제도에 가입 기간을 통산할 수 없게 됩니다. 결과적으로 일시금을 청구하지 않는 편이 미래 지급액이 많아질 수도 있으므로 잘 생각하고 나서 결정합시다.

자국과 일본의 연금 이중 지불을 막기 위한 사회보장협정과 적용 인증서

사회보장협정의 대상이 아닌 사람

사회보장협정의 대상이 아닌 중장기 체류자로 국민연금과 후생연금에 6개월 이상 가입하고 있는 사람은 탈퇴 일시금을 청구할 수 있습니다. 그러나 이를 청구하기 위해서는 몇 가지 조건이

있고, 그 중 하나가 '일본 국내에 주소를 갖지 않는 것'입니다. 즉, 귀국 전에 구약소에서 주민등록 전출 신고(해외 전출)를 제출하는 것이 필수입니다. 또한, 탈퇴 일시금의 청구는 일본을 실제로 출국 후 일본 연금기구에 청구할 수 있습니다. 절차에는 연금 수첩도 필요하므로 잊지 않도록 주의해야 합니다.

3) 국민건강보험의 탈퇴 절차

일본의 중장기 체류자는 반드시 어떤 공적 건강보험에 의무적으로 가입해야 합니다. 한국에 귀국 시에는 이 건강보험에서 탈퇴해 둘 필요가 있습니다. 그러나 기업에 근무하고 있는 사람 등 사회보험의 가입자는 사업주가 퇴직 시점에서 탈퇴 수속을 밟기 때문에 스스로 탈퇴 수속을 할 필요가 없습니다. 한편, 국민건강보험의 가입자는 구약소의 창구에서 수속을 합니다. 준비물은 여권, 재류카드(또는 외국인 등록 증명서), 국민건강보험 피보험자증, 출국일을 증명할 수 있는 것(항공권 등)입니다. 이러한 서류를 '국민건강보험 자격상실 신고서'와 함께 제출하면 보험증의 기간을 출국 날짜까지 쓰고 바꿔 받을 수 있습니다. 또한 동시에 보험료의 청산도 이뤄집니다. 환불 미납분은 그 자리에서 지불합니다.

4) 소속기관 등에 관한 신고

유학생이나 기업의 직원 등 '어떤 기관이나 관계에 속하는 것으로 얻을 수 있는 재류 자격'으로 체류하고 있는 사람은 그 기관 자체나 자신과 기관의 관계에 변경이 발생한 경우, '활동 기관에 관한 신고' 또는 '계약 기관에 대한 신고'를 제출합니다. 이러한 재류 자격의 소지자가 귀국할 때는 활동 기관 또는 계약 기관으로부터의 이탈이나 기관 자체가 소멸했다는 경우가 대부분이지만, 각자의 재류 자격·상황에 적합한 신고를 제출해야 할 수 있습니다. 신고는 지방 입국 관리 관서에 직접 찾아가 실시할 수 있으며, 도쿄 입국 관리국에 우송할 수 있습니다. 두 경우 모두 제출 기한은 신고 사유가 일어나고부터 14일 이내입니다.

5) 재류 카드 반납

재입국 허가를 받지 않고 일본을 출국하는 중장기 체류자는 출국 심사 시 심사관에게 체류 카드를 반납하지 않으면 안 됩니다. 일본 체류의 기념으로 재류 카드를 받고 싶은 사람은 구멍을 뚫어 무효한 것을 건네받을 수 있습니다.

6) 개인 신분 확인 카드 또는 개인 번호 카드 반납

2016년 1월에 번호 제도의 도입으로 일본에서 주민등록하고 있는 모든 거주자에게 개인 번호가 할당되었습니다. 이에 따라 현재 일본에 사는 모든 거주자에게 개인 신분 확인 카드 또는 개인 번호 카드가 교부되어 있습니다. 중장기 체류 외국인이 재입국 허가 없이 일본을 떠날 경우, 주소지의 구약소에 개인 신분 확인 카드와 개인 번호 카드를 반납해야 합니다. 개인 번호는 일단 번호가 지정되면 특별한 사정을 제외하고 평생 같은 번호를 사용하는 것입니다. 따라서 출국을 위해 개인 신분 확인 카드와 개인 번호 카드를 반납한 사람은 장래 일본에 재입국할 때 같은 번호를 사용할 수 있도록 카드가 전달됩니다. 대부분의 경우 반납한 카드는 해지 절차 후 반환받을 수 있습니다.

정리

일본을 떠나 귀국할 때 꼭 해야 하는 공적 절차를 정리해 보았습니다. 이렇게 보면 꽤 많이 있네요. 짐 정리 및 주거 정리 등 귀국 시 할 일이 쌓여 있지만, 우선 전출 신고에서 확실하게 끝마쳐 보겠습니다. 만약을 위해, 이번에 소개한 절차는 완전히 일본을 떠나 다시 돌아오지 않는 경우입니다. 일시귀국은 아무것도 안 하셔도 됩니다.(기사 발췌)

*참고사항 (사진50.5)

일본EMS는 정말 비쌉니다.

한국으로 박스 세 개를 보내는데 67,500엔(한화로 70만원)의 비용이 발생했는데요.(2018년 10월기준) 웬만하면 선편으로 보내거나, 이삿짐센터를 지정해서 이용하는 것도 좋습니다. 저 같은 경우는 EMS 5박스 정도였기 때문에 이삿짐센터를 이용하지 않았습니다.

일본 후생연금(厚生年金) 받기

일본에서는 일본에서 재류하는 외국인이 6개월 이상, 5년 미만으로 낸 연금을 환급받을 수 있는 제도가 있습니다. 원래는 3년이었다가 2021년부터 5년 미만으로 변경되었습니다. 탈퇴 일시금은 일본 국적을 소지하지 않은 후생연금보험의 피보험자로써 6개월 이상 납입하고 계시는 분, 일본에 주소가 없는 분, 연금을 받을 권리를 가지고 있지 않았던 분으로 4가지 조건에 모두 해당하는 분이 국민연금, 후생연금보험, 또는 공제조합의 피보험자의 자격을 상실하고 일본에 거주 주소가 없어진 날로부터 2년 이내 청구하셨을 때 지급됩니다.

퇴직할 때 파란색 연금 수첩을 돌려 달라고 해서 받아 두기만 했다면 문제가 없습니다. 회사에 따라서 파란색 연금 수첩을 근무 시작과 동시에 주는 경우가 있고 회사에서 보관하는 경우가 있습니다. 만약 분실했으면 회사에서 재발급하는 것이 아니라, 본인이 직접 연금사무소를 가서 신청해야 합니다.

연금 탈퇴 일시금을 받을 때는 연금 수첩이 꼭 필요합니다. 미리 신청하시길 바랍니다. 저 같은 경우도 연금 수첩을 분실해서 연금사무소에서 재발급 신청을 했습니다. 연금사무소에서 그 자리에서 받는 것은 30분 정도 걸리고, 우편으로 신청하는 경우에는 2일~3일 정도 소요됩니다. 혹시라도 분실하시더라도 바로 재발급 되니 걱정하지 마세요. 하지만 잃어버리지 않는 게 제일 좋습니다. 연금 수첩은 중요하니 꼭 가지고 있도록 합시다. 귀국하기전에 살던 동네의 구약소에 들러서 귀국한다는 신고서를 제출하고, 공항에서도 완전히 귀국했다는 스탬프가 여권에 찍혀 있어야합니다.

이 스탬프는 일본 생활을 정리하고 귀국할 때 공항에서 출국 심사 시, '완전 귀국'이라고 이야기하면 외국인 등록증을 반납한 후 완전 귀국한다는 스탬프를 취업 비자 옆에 찍어줍니다. 일시 귀국의 경우는 신청할 수 없으며, 출국 심사관에게 완전 귀국이라는 것을 반드시 알려야 합니다.

후생연금 탈퇴 일시금 통지서를 보면 20% 세금을 떼어간 걸 알 수 있는데, 외국인은 낼 필요가 없다고 합니다. 귀국하기 전에 일본에서 거주 중인 지인(일본인, 외국인 상관없으나, 꼭 일본거주를 해야 합니다.)을 지정해서 탈퇴 일시금이 지급되면 세금 반환 신청을 할 수 있습니다. 일본 귀국 전에도 신청 가능하고 신청서를 써서 관할 지역 세무서에 가서 신청해도 되지만, 신청서를 써서 관할 세무서에 EMS로 접수해도 됩니다. 가능하시다면 귀국 전에 하는 것이 편합니다.

후생연금 환급 신청 구비서류

1. 여권 복사본 (첫 번째 페이지 사진과 성명 면, 비자 도장이 찍힌 면, 마지막 일본 출국 도장 면)
2. 후생연금 탈퇴 일시금 청구서
3. 구멍이 뚫린 재류카드 앞뒷면 복사본

4. 마이넘버 복사본(생략가능)

5. 연금 수첩 원본(복사본불가, 환급받을 때 다시 돌려받음.)

6. 송금 받을 은행의 계좌번호와 이름이 나와 있는 통장의 복사본(한국 계좌, 일본 계좌 둘 다 가능)

저의 경우, 일본 계좌로 돈을 받았으나, 코로나19 때문에 비행기 길이 막혀 돈을 찾지 못하고 있습니다. 이런 경우를 생각해서 수수료는 들더라도 한국 계좌로 받는 것이 마음은 편할 것 같습니다.

마지막으로, 1번부터 6번까지의 서류를 한꺼번에 모아서 국제 우편으로 일본으로 발송합니다. 개인 정보와 돈이 걸려있는 서류인 만큼 분실 위험이 없도록 EMS로 발송하시길 바랍니다.

보낼 주소:

Social Insurance Operation Center

Takaido-nishi 3-5-24, Suginami-ku, Tokyo 168-8505

〒168-8505東京都杉並区高井戸西3丁目5番24号

社会保険業務センター

전화번호:81-3-6700-1165

후생연금이 언제 들어오는지 궁금해서 3~4번 전화해보았어요.

처리해주시는 분들도 6개월 안에 들어온다고 하셨지만 결국 돌려받는데 1년이 소요되었습니다. 언제 들어올지는 알 수 없고, 계속 기다려야 합니다.

돈이 들어올 때 자택으로 탈퇴 일시금 지급 결정 통지서가 날아오는데 중요한 서류이므로 잘 보관해 주셔야 합니다. 내가 돌려받아야 할 금액 중 소득세로 20%를 뗀 나머지 80%만 입금됩니다. 소득세의 20%는 '퇴직 소득의 선택 과세' 신청을 하면 돌려받을 수 있는데 이때 필요한 서류가 '탈퇴 일시금 지급 결정 통지서'이므로 반드시 잘 보관해 두어야 합니다.

후생연금 2년만에 받은 나의 후기

일본에서 일을 하고 귀국을 하면, 신청하는 외국인에게 일본의 연금을 환급해 줍니다. 이 후생연금을 받는데 2년이나 걸렸습니다. 보통 6개월이면 들어온다고 하는데 저는 2년이나 걸렸습니다.

저는 귀국 후 일본에 낸 연금 약 600만 원 정도의 돈을 되돌려 받아야 했습니다. 2018년 12월 말에 귀국해서 신청서를 EMS로 발송했습니다. 그때 환급 신청을 하려고, 일본의 연금 공단에 질문했을 때 외국인 연금 환급 시 보통 3개월이면 받을 수 있고, 6개월 안에는 무조건 받을 수 있다는 답변을 받았습니다. 한화로 받을 수 있는 방법도 있고, 엔화로도 받을 수 있는데, 엔화로 받는 것이 수수료가 들지 않고, 어차피 일본으로 들릴 예정이어서, 일본 통장으로 신청을 했습니다. 그래서 2019년 6월에 비행기 표도 다 예약해 놓은 상태였습니다.

그런데 3개월이 지나도 돈이 입금이 안 돼서, 일본으로 들어가기 직전에 친구한테 부탁해서 돈이 언제 들어오는지 물어봐달라고 했습니다. 적어도 6월초 안으로는 들어오지만, 언제 들어올 건지, 얼마나 들어올지에 대해서는 알 수 없다는 답변을 받았습니다. 그 당시 저는 6개월 동안 개인적인 사정으로 외국에 있어서 한국에 들어갈 때 일본을 들러서 돈을 받을 계획이었습니다.

2019년 6월 초 오사카에 입국해서 통장을 확인했더니 잔고 0원이었습니다. 일본에서 여행 경비로 생각했던 터라 너무 당황스러웠습니다. 호텔에서 즉시 전화했습니다. 그때 당시 일본에 체류하는 기간이 16일 정도 밖에 되지 않아 마음이 급해졌습니다. 통화를 여러 번 해봤지만, 얼마 받을지, 언제 들어올지는 모른다는 앵무새 같은 답변만 받았습니다. 마지막 날까지 통장 확인을 했는데 입금이 안 되었습니다.

연금공단에 문의했을 당시에 부족한 서류가 있는지도 물어보았는데 다행히 부족한 서류는 없지만 환급시기와 금액에 대해서는 확답을 못한다고 했습니다. 그럼 도대체 어디에 전화를 하면 알 수 있냐고 물어봤지만, 확인 불가하다는 답변뿐이었습니다. 참고로 한국에서 연금환급 기간은 한 달을 넘기지 않습니다.

결국 일본에 있는 동안에는 받을 수가 없어서 귀국하고 기다려보기로 했습니다. 2018년 12월에 신청한 연금은 2019년 12월 22일에 환급받을 수 있었습니다. 그런데!!!! 이게 끝이 아니었습니다. 기다림의 미학을 배울 수 있었습니다.

일본에서 후생 연금을 환급해 줄 때 뗀 세금 20%를 환급해달라고 다시 요청해야 했습니다. 다만, 제가 한국에 들어와 있었기 때문에 일본에 거주하는 지인을 통해서 받아야 했습니다. 일본에 거주하는 지인은 일본인이든 외국인이든 상관없습니다.

지인이 필요한 서류를 우편으로 저에게서 받아 일본에서 직접 내가 살았던 세무서에 신청을 해주었습니다. 인터넷, 메일, 팩스로는 불가능하며 무조건 내방해야합니다. 무려 4시간이나 걸리는 일을 지인이 직접 신청을 해주었습니다.

그 후로 8개월이 흘렀는데 지인에게도 연락이 없고, 저에게도 연락이 없고, 돈도 입금되지 않아서 2020년 9월 9일에 직접 해외 전화로 전화를 해보았습니다. 그러자 담당자는 이렇게 대답했습니다.

"서류 하나가 없습니다."

보낸 서류의 사진까지 찍고 분명히 보냈는데 접수 하는 과정에서 분실이 되었던 것 같습니다. 납세관리 지정 서류가 없다고 합니다. 이거 물어보는 과정에서도 30분이 소요되었습니다. 9개월이 흘렀지만 지인에게도 저에게도 연락이 없었습니다. 아마 제가 직접 연락하지 않았으면 100만 원 넘는 돈을 돌려받지 못했겠지요?

필요한 서류를 작성해서 9월 10일에 EMS로 보냈습니다. 이메일이 불가능해서 무조건 우편으로 보내야 한다고 답변을 받았습니다. 그 때가 2020년이었는데 그 순간은 지금이 2000년도라고 느꼈습니다.

엎친데 덮친 격으로, 저의 인감도장을 분실해서 인감도장 찍는 곳에 자필 서명을 해서 보내고 이로 인해서 거부당할 확률이 있어서, 자필 편지를 썼습니다. 1년 반이나 지나서 그때 사용했던 인감이 없어 증명서류를 복사본을 보낸다고 구구절절 설명하고 고맙지 않지만 고맙다고 편지도 써서 같이 보냈습니다. 사실 그때 자필서명만 보내서 안 되면 세금환급을 포기하려고 마음먹었었습니다. 인감이 없으면 은행 업무도 보지 못하는 나라이기 때문에 사실 큰 기대를 하지 않았습니다.

저의 구구절절한 편지가 통했을까요? 9월 10일 EMS로 누락된 서류를 보내고, 10월 8일에 연금이 들어올 것이라고 지인에게 연락이 왔다고 했습니다. 2018년 12월에 신청해서 2021년 10월 8일에 받았으니 약 2년 가까이 걸렸습니다.

저같이 운이 나쁘면, 이렇게 오래 걸리니 없는 돈이라고 생각하시고 느긋하게 기다리시는 것이 좋을 것이라고 생각됩니다. 다음부터는 혹시라도 똑같은 상황이 생긴다면 이렇게 스트레스 받지 않고 돈을 지불하더라도 대행업체에 맡겨야겠다고 다짐했습니다.

국민건강보험

　체류 자격이 '유학'으로 되어있는 외국인 유학생이라면, 국민건강보험에 가입할 의무가 있습니다. 혹시라도 가입을 안 하면 나중에라도 보험료를 납입해야 하므로 처음부터 가입해서 잘 내시는 것이 좋습니다. 국민건강보험에 가입할 때 진료비에 드는 본인 부담 금액은 총액의 30% 정도입니다.

　본인이 거주하는 구약소(우리나라의 구청) 국민건강보험 담당과에서 가입 가능합니다. 신청 시에는 재류카드와 여권을 보여주고 가입할 수 있습니다. 보험료는 당해 연도 4월부터 다음 해 3월까지 1년간 단위로 가입자의 인원수와 주민세를 기초로 계산됩니다. 국민건강보험 가입은 원칙적으로 일본에 온 날부터 신청해야 합니다. 가입 절차가 늦어지면 국민건강보험의 자격이 생긴 달부터 보험료를 납부하게 됩니다. 저는 이 절차를 깜박해서 1년 동안의 보험료를 다음 해에 한꺼번에 지불하는 불상사를 경험했습니다. 안 낼 수 있는 방법을 찾아봤지만 소용없었습니다. 유학생 비자라면 무조건 납입하셔야 합니다.

한국 실손보험에 가입했다면 환급받기

외국 거주 중에 혹시 한국의 실손보험을 해약하지 않으신 경우 해외 거주자 환급제도가 있으니 꼭 환급받으시길! 저는 72만 원을 돌려받았어요. 실손보험이 특약으로 가입되어 있는 경우에는 실손 특약에 대한 환급을 전액 돌려받을 것이고, 실손보험만 단독으로 가입되어 있는 경우에는 다 환급받을 것입니다. 실손보험 환급에는 여권, 출입국 사실 증명서, 계약자의 신분증, 통장 사본 등이 필요하고 귀국일로부터 3년 이내 청구 가능합니다. (필요서류는 보험사마다 상이하니 가입하신 보험사에 확인하시기 바랍니다.)

해외 장기 체류 시 납입한 실손의료보험료를 환급받을 수 있는 제도로 다음을 참고해주세요.(우체국 홈페이지 발췌)

실손 상품, 정상 및 실효된 계약 (해약 계약은 불가)
- 외국에 거주하는 경우 실손 중지하는 제도가 있긴 하지만 재개할 시에는 재개하는 시점에서 새로운 상품으로 재개해야하기 때문에 그것은 본인이 비교해서 선택해주시면 됩니다.

신청조건 : 피보험자가 연속하여 90일 이상 해외 체류(출입국일 포함)
(2회 이상 출국시에는 중도 귀국 후 재출국 시 재출국 시점 기준으로 90일 기산)
환급대상 금액 : 해외 체류 기간 납입한 실손 보험료 전액. 실제 영수한 보험료 환급.

구비서류: 계약자 본인 신분증, 피보험자의 출입국에 관한 사실증명
출입국에 관한 사실증명 발급처: 정부24(온라인), 시군구청 민원센터, 읍면
동 주민센터, 출입국관리사무소(출장소)에서 가능합니다.

귀국 직전 검색 실패로 천만 원 날린 이야기

이틀에 천만 원짜리 캠핑한 여행한 이야기

일본에 거주 막바지, 2019년쯤에 귀국을 생각하고 있었기 때문에 귀국하면서 가지고 가려고 캠핑카를 3천만 원에 구매했습니다. 남편이 워낙 캠핑을 좋아하기 때문에 캠핑카로 일본 전국 여행도 하고 싶었고, 한국에서도 여행을 하고 싶은 마음에 구입을 하게 되었었습니다.

새 캠핑카를 살까 중고 캠핑카를 살까 고민 하다가 남편은 새 캠핑카를 사고 싶어 했고 저는 한 달에 한 번 정도 사용할건데 중고를 사자고 주장해서 결국 중고 캠핑카를 3천만 원에 샀습니다.

그러지 말았어야했습니다….

조사를 해보니 일본 브랜드와 이탈리아 브랜드가 있었는데 사고 싶었던 일본 브랜드의 캠핑카가 사려고 한 날 팔려버려서 이탈리아 브랜드의 캠핑카를 사게 되었습니다. 그런 이유도 있었지만 일본차의 핸들이 왼쪽에 있기 때문에 한국에서 운전할거라면 아무래도 핸들이 오른쪽에 있는 편이 좋다고 판단해서 핸들이 오른쪽에 있는 이탈리아 브랜드 캠핑카를 구매했습니다.

정말 그러지 말았어야 했습니다.

캠핑카를 받고 이틀 동안 야마나시, 일본 지방을 여행하면서 차안에 침대도 있고, 화장실도 있고, 가스도 연결되어 있어서 이제 캠핑카로 일본 전국 일주를 할 수 있겠다고 신났는데… 그 이틀이 처음이자 마지막 여행이 될 줄은 아무도 몰랐습니다.

이틀간의 캠핑카 여행이 끝나고 구청에 차를 등록하고, 집 근처에 있는 주차장에 30일에 4만 엔의 요금도 지불하고 차를 끌고 집

으로 가던 중 차가 도로 한가운데서 멈춰버렸습니다. 일단 차를 멈추고 레커차가 올 때까지 기다려 정비 결과를 알아보니 부품에 이상이 있다는 것입니다. 근데 그 부품이 지금 일본에 없다고 했습니다. 귀국이 2달 후였는데 4개월이나 있어야 부품교체가 가능하다고 하니 할 수 없이 눈물을 머금고 천만 원 내린 가격에 그 업체에 재판매를 해야만 했습니다.

이틀 여행하는데 천만 원을 쓴 셈이 되었습니다. 중고를 사서 한 달 동안 무상 수리는 가능했지만 하자가 있어도 반품은 되지 않고 결국엔 천만 원 손해를 볼 수밖에 없었습니다.

하지만 나중에 안 사실인데 캠핑카는 귀국자 이삿짐으로는 반입 금지 된 품목이라서 어차피 팔았어야 됐었다는 사실!! 사기 전에 뭐든 꼼꼼 히 알아봐야 한다는 것을 깨닫게 되었어요. 사고 싶은 고가의 물건이 있으면 저 같은 실수하지 마시고 귀국자 이삿짐의 해당 여부를 꼼꼼하 게 찾아보시고 구입하시길 바랍니다.

애니메이션 / 드라마 나온 곳 중에서 좋았던 곳

미유키 식당 – 고독한 미식가에서 나온 식당

다들 고독한 미식가라는 일본 드라마를 아시나요? 마츠시게 유타카라는 배우가 주연인 이 드라마는 원작 만화를 바탕으로 제작한 일본 드라마입니다. 덕분에 주인공이 한국에 출장 와서 먹은 한국의 맛집들도 유명해졌죠. 이 드라마는 일본에서도 유명해서 현재 시즌 8까지 제작되었는데 코로나19 때문에 시즌 9는 무산이 되었답니다.

제가 좋아하는 드라마였지만, 거기에 나왔던 식당을 찾아가거나 그러지는 않았습니다. 그런데 2017년 9월에 10만 봉의 해바라기가 심겨져 있다는 '키요세 해바라기 축제'를 다녀오게 되었어요. 제가 꽃 중에서 해바라기를 제일 좋아해서 찾아가게 되었습니다.

하지만 8월 19일부터 9월 3일까지만 오픈하는데 제가 갔을 때가 9월 1일이어서 해바라기가 거의 다 지고 시들시들해져 있었답니다. 일주일 전만 해도 인스타그램에서 해바라기가 만개되어서 예쁘다는 글을 보았는데 시든 해바라기만 봐서 아쉬웠습니다. 사람들이 이미 저버린 해바라기 얼굴 부분에 손가락으로 장난도 하고 "아 실망이야"라고 탄식하며 지나가는 모습이 재미있었어요.

제가 갔던 키요세 해바라기 밭은 이케부쿠로에서 세이부선을 타고 약 20분 정도 가서 키요세역에서 내려서 버스를 타고 6분 정도 가시면 만나는 곳입니다. 키요세의 해바라기 축제는 올해가 10회 째라고 하는데요. 2만4천 평 규모의 대지에 10만 봉의 해바라기를 볼 수 있는 곳입니다.

해바라기에 실망을 하고 기분이 별로 안 좋았었는데, 집으로 돌아가는 전철을 타기 전에, 한 식당에 사람들이 꽉 차 있는 것을 보고 친구랑 오늘은 저기서 밥을 먹어야 되겠다고 생각하고 그 식당으로 들어갔습니다.

들어가서 인터넷으로 검색해보니 고독한 미식가 시즌4 제1화 도쿄도

키요세시에 나왔던 집이었습니다. 거기가 바로 미유키 식당(みゆき食堂) 이었던 것입니다!

주인공 고로가 먹었던 메뉴는 매콤 숙주 고기볶음, 청양고추를 넣은 미소마늘, 점보교자 하프, 야키토리였습니다. 야키토리는 옆 가게 메뉴지만 주문이 가능했습니다. 메뉴판에는 꽁치 정식, 우엉조림(킨피라), 생미역, 마파라면, 나폴리탄, 햄 소데, 야키니쿠 정식, 카레, 토마토, 사사미카츠 정식, 낫또, 어묵, 햄버그스테이크 정식, 에샬롯, 이나카 스파게티(시골 스파게티), 대라면, 그 외 각종 스파게티와 돈가스가 종류별로 다 있었어요. 메뉴가 벽면을 가득 채울 만큼 다양했습니다.

메뉴가 너무 많아서 점원에게 사람들이 가장 많이 시키는 메뉴를 물어보고 숙주볶음, 교자, 등심 돈가스를 주문했어요. 이 3가지 주문을 했는데 가격이 1500엔이었어요. 진짜 너무 맛있고 저렴해서 깜짝 놀랐어요. 가성비로 따지면 제가 먹었던 일본 음식 중에서 넘버원이 아닐까라는 생각이 듭니다.

점심시간이 지났는데도 불구하고 사람들이 끊임없이 들어오는 것을 보고 '진짜 현지인들이 가는 곳이구나!'하고 생각했었습니다. TV에 나온 맛집을 찾아다니면서 먹는 편은 아니지만 여기는 너무 맛있어서, 그 후로도 남편과 종종 같이 가곤 했습니다.

주소 : 東京都 清瀬市 松山 1-9-18

가까운 역 : 키요세 역(清瀬 駅, 세이부 이케부쿠로선) 남쪽출구에서 도보 1분

거리

나가노 스와호 - 애니메이션 '너의 이름은(君の名は)' 실제 장소!

'너의 이름은'이라는 일본 애니메이션을 아시나요? 일본에서 방영되

었을 때 폭발적인 인기를 누렸던 애니메이션이랍니다. 영화관에서 6

개월 이상 상영이 될 정도로 영상미, 음악, 스토리까지 인기가 많았어

요. 그때 당시에는 친구들을 만나면 이 애니메이션 이야기를 주고받

앉습니다.

저는 이 애니메이션을 영화관에서 3번이나 봤어요. '너의 이름은' 에서 나왔던 호수를 보고 아름답다고 생각했는데, 알고 보니 그곳은 감독의 고향을 모티브로 그린 곳이라고 했습니다. 그 사실을 알고 '저긴 꼭 가봐야지.' 라고 스스로에게 맹세했었는데 결심한지 2년 만에 다녀올 수 있었습니다.

애니메이션에서는 도쿄에서도 엄청 멀고 시골이라고 나왔었는데, 도쿄에서 두 시간 거리에 있는 나가노의 카미스와역 쪽에 있었습니다! 도쿄의 타치가와역에서 특급열차를 타고 편도로 두 시간 걸리는 곳에 있습니다.

타테이시 공원에서 본 스와호는 정말 아름다웠어요. 또 이케부쿠로에서 한 달간 한정으로 했었던, 기간 한정 카페도 다녀왔습니다. 기간 한정 카페는 '너의 이름은' 애니메이션에서 주인공들이 먹은 간식, 도시락, 배경지를 주제로 음식도 팔고 관련 굿즈들도 판매되고 있었습니다. 라면, 정식 등 주인공들이 실제로 먹은 음식들을 재현해서 만들어서 제가 만화 속에 있는 듯한 착각이 들었습니다.

일본에서는 이렇게 인기 있는 애니메이션 등을 모티브로 해서 한정 카페를 자주 한답니다. '너의 이름은' 카페뿐만 아니라, 리락쿠마 카페, 도라에몽 카페 등도 다녀와봤는데 대부분 만족했습니다. 일본에 거주하거나 일본 여행을 가신다면 이런 기간 한정으로 하는 이벤트 카페가 많으니 참고하시길 바랍니다!

처음 일본 생활을 시작한 것은 2013년 봄입니다. 히라가나밖에 모르고 일본에 와서 고생도 많이 했습니다. 만 23살에 결혼하고 바로 일본으로 와서 새롭게 시작된 결혼 생활도 저에게는 벅찼는데 지금 와서 생각해 보니, 좋은 추억만 가득하네요. 어학교, 대학원, 회사 생활 속에서 힘든 일도 있었지만, 정말 일본을 잘 즐겼다고 생각합니다. 어딜 가든 과분한 사랑을 받아서 행복했어요. 유학하는 내내 저를 지지해준 사랑하는 남편과, 부모님, 시어머님에게 감사를 드립니다. 마지막으로 나의 뮤즈이자 이 책을 교정해준 미소에게 고맙다고 전하고 싶습니다. 앞으로, 갑작스럽게 일본으로 오시게 되는 분 또는 개인 사정으로 일본 생활을 염두에 두고 계신 분들, 공부를 위해서 일본유학을 생각하고 계신 분들에게 이 책이 도움이 되길 바랍니다. 그리고 읽어주신 독자들께도 감사의 말씀을 올립니다.

わたしの大事な友達

ともみ、邦、ナナ、華。本当にありがとうございます。

한국 아줌마의 일본 생존기

초판인쇄   2021년 6월 24일
초판발행   2021년 7월 1일

지은이   김경미
발행인   조현수
펴낸곳   도서출판 더로드
기획   조용재
마케팅   최관호 백소영
편집   남은화
디자인   호기심고양이

주소   경기도 고양시 일산동구 백석2동 1301-2
　　　　넥스빌오피스텔 704호
전화   031-925-5366~7
팩스   031-925-5368
이메일   provence70@naver.com
등록번호   제2015-000135호
등록   2015년 06월 18일

정가 15,800원
ISBN 979-11-6338-162-4 03810